パストラル ラミュ短篇選

C・F・ラミュ

訳＝笠間直穂子

はじめて出逢う
世界のおはなし

目次

パストラル 5
農村の年寄り 17
湖の令嬢たち 37
日照り 55
使いの者 75
居酒屋の老人たち 97
香具師《やし》一家の休息 109
助けを求めて 123
野生の娘 137
山にひびく声 145

フォリー姿の物狂い　161
森での一幕　179
眠る娘　195
恋　203
三つの谷　217
田園のあいさつ　229
漁師たち　237
ぶどう作り　245
恋する女の子と男の子　255
農家の召使い　263

訳者あとがき　278

装画　オオツカユキコ
装幀　塙　浩孝

パストラル

Pastorale

1944

「火でも焚《た》いてみるか？」

「あたし、何も持ってない。あんたは？」

「あるとも」

彼はポケットから真鍮《しんちゅう》のマッチ入れを取り出した。楕円形で、バネ仕掛けの蓋《ふた》がついている。

腰をおろして、手のひらに中身をあける。

「ほら」

赤い頭の燐《りん》マッチ。

「一、二、三、四……。八本ある」

「八本」と彼女は言う、「それじゃ少ない」

「充分さ、コツさえ知ってりゃ。おれは知ってる、おまえは知らない」

十四歳の少年だ、どこからともなく現れた。少女のほうは、山羊の番をしている。

少年はポケットに手を突っこんで、鼻は赤らみ、髪の毛は釘みたいにピンと立っている。左手にまるめたフェルト帽を握っている。

風が強い、村を見おろすこれらの丘の草地ではいつでも風が強い。目の前に大きく口を開けた谷の上空を越えて、風は絶え間なくやってきては、土や岩の肌をびゅうびゅうと鳴らし、いまわたしたちが山羊の小さな群れとともにいるこの高みにぶつかる、夕方のこの時刻になるといつもそうだ。風は谷の向こうから、年じゅう白い南の山脈をひょいと飛び越えてくる。それで全力でこちらに吹きつける、どうしたって止められない。だから山羊たちの毛は痩《や》せた背骨にまっすぐ立つし、ひげは方々へ乱れる。尻尾を風に向け、とがった鼻づらからザラザラの震える舌を覗《のぞ》かせて、こちらへ向かって必死に長い鳴き声をあげる。

少女のスカートは頭の上まで舞いあがる。両手で元に戻す。毛糸で編んだピンクの頭巾は顎《あご》のところで留める型、破れのある黒いエプロンに、土でこすれた大きな靴、甲革がぶかぶかで足首のまわりに手を差しこめるくらい隙間がある。だけどいちばん困るのは、やっぱり髪の毛。ほつれ毛がひとすじ、ひっきりなしに口に当たるので、噛《か》んだり口に含んだりしながら、手で捕まえようとするけれど、すぐまた風に飛んでしまう。

カササギたちは半分燃えた紙きれが煙突から出るときみたいに飛ばされていく。ここより少し上のほうに森がある。松の森。森はぎしぎし鳴る、森は傾く。見ると、急に後ろへのけぞって、赤い幹をさらし、次いで手前へ押し返される。幹の並びは消えて、枝ぶりばかりが目に入る。森は赤くなる、黒くなる。赤と黒を繰り返す。ドンと轟音《ごうおん》が響き、バリバリと音がして、そしてそのあとはもうわからない、というのも両手から先に地面に投げ出されたから（つまりお尻は隠さず）。山羊たちは、草が勝手に場所を変え、自分たちから逃げていくようで、まるで水が斜面をさかのぼるのにそっくりなので、草を食《は》むのもやめて驚いている。

「火は？」

大声を出さないと聞こえない。少年は叫ぶ、

「木を拾ってきな！」

少女は風のなか身をかがめて斜面を登り、苔《こけ》のかたまりをもぎ取り、まず乾いた枝を一本、それからもう少し先で枯れ木の破片をひとつ拾い、エプロンをいっぱいにして戻ってくる。

少年は叫ぶ、

「おれは松かさを持ってる。松かさの下に苔を敷いて、上には木ぎれ、木ぎれの上に何か火の保《も》ちがいいものを置くんだ」

彼は、松かさをポケットいっぱい持っている。松かさを取り出す。コツがわからない娘を押しやって自分で組み立てる、細い枝がしっかり交差するように。てっぺんに唐松の切り株を載せる。

「こうしておけば、保つだろう」

彼は腹ばいに伏せる。彼女は、そばに立っている。彼は、着ている大人用の上着の裾《すそ》を頭の

先まで引きあげる。そうやって一種の洞窟《どうくつ》、小さな小屋のようなもの、風が入ってこられない場所をつくるのだ。少年はその中にすっぽり隠れる。もう頭は見えない。足は宙にぶらぶらしている。体の上で妙な具合にあちこち動いて、足で空気に何か書いている。もう彼がものを言ってもこちらには聞こえない。すると彼の手が現れ、ズボンに沿って伸びていき、ポケットを探し、ポケットを見つける。そして真鍮のケースを持って出てきて、今度はそのケースも、姿を消す。

それから一瞬、ふたたび顔が現れる。

「見てな！　もうじきだ」

また隠れ家に入っていった、でも咳《せき》きこんでいる。咳きこんでいるのが聞こえる。硫黄だ。頭の赤い燐マッチは軸に黄色い液が塗ってあって、炎をあげずに燃えるけれど、いやなにおいがする。

少年の頭が現れる。

「失敗！」

目が涙でいっぱいだ。半分焦げたマッチを投げ捨てる。

少女は、隣で待っている、両膝《りょうひざ》に手を置いて、はらはらしながら。火がつくのを待っている。次こそ、うまくいくかしら？　またも、失敗。マッチが折れた。

少年は言う。

「まだまだ！」

もう一度、上着のなかに消える。そして不意に、そこから細い煙が一本あがるのが見え、それはすぐさま風にたわんで四方へ散る。

彼は叫ぶ。

「やった！」

「嘘でしょ！」

だけど彼は、上着を元どおりにおろして、黙ったまま彼女を見あげる。何も言う必要はない、見れば済むんだ。

苔に火がついたのが見える。吹きこむ風が苔にえぐった穴は暗い赤から白へと変わり、同時に上に置いた小枝に火が移って、枝は身をよじる。すると炎がひとすじ、賑やかにパチパチのぼりはじめた、先っぽが筆みたいにとがったやつ、風はそいつを地面に押し倒して先っぽを切りとるけれども、消せはしない、炎は逆に勢いをつける。

「急げ。さあ！　木だ」

彼は有無を言わせない。彼女は走り、しゃがみ、立ちあがり、エプロンは満杯になった。

「太い枝を投げこんでくれ」

二人して取りかかる。代わる代わる、白く煙をあげる熾火《おきび》の上に、選り好みせずどんどん放りこむ、燃えるものならもうなんだっていい、というのも火は、いったんしっかりと根をおろせば、何を差し出してもたちまち呑《の》みこむのだから。火は地面に根を張った。風の当たる側に洞穴《ほらあな》が穿《うが》たれ、そこでは、目に耐えがたいほど真っ白な熾《おき》の上に細い枝の燃えがらが、たくさんの小さな灰色の管みたいに見えて、それらは灰に生まれ変わる前のかたちを保っているけれど、重さはなく、触れることもできず、息を吹きかければさっと飛び散ってしまうのだ。

「何かない?」

「あんまりないの」

「じゃがいも?」

少女は首を横に振る。

「チーズのかけら、それくらいしか鞄《かばん》に残ってない」

小さな布鞄を腰に提げている。

「見せてみな!」

少年は言う。

「これで全部? ナイフもないのか?」

さいわい自分は持っている、自慢のナイフだ、なにしろ刃が二枚ある。

「なんとかしよう」と彼は言う。「パンをよこしな」

二人とも腹ばいに寝ころぶ、焚き火に顔を向けて。風が少女のスカートを肩までまくりあげる。履いている下穿《したば》きは黒ずんだピンクの綿ネルで、そこから細い腿《もも》が伸び、さらにくだると膝まである目の荒い毛編みの長靴下、これもやはりピンク色。

風だ。相変わらず風だ。果てしなく吹いてくる、見知らぬ土地から、山々を越えて。いまや揺れ動く大きな炎の髪は後ろへたなびいて、手前に見える木ぎれの山はこまめに補給され、そこでは多種多様な芋虫《いもむし》が身をくねらせながら赤く光って、それから黴《かび》に似た白い灰につつまれる。

二人は隣どうしに寝そべり、背中を風にさらし、足を宙にぶらつかせる。四つの足は硬い革のごつい靴を履いていて、革に打ちこんだ鋲《びょう》の列が、夕日を受けてきらりと輝くのが見える。

少年は、ナイフの先に、少女が渡したチーズを突き刺す。皮のところしかない。小石なみにカチカチだ。それでも、よい面を下に向ければ、ものになるかもしれない。そして彼が炎にかざした面は正解だった。チーズは柔らかくなって、じゅうじゅういいながら湯気を立てる。彼はひとかけのパンから薄く四枚切りとる。ひとり二枚だ。それから、ナイフでチーズをなすりつけるが、そのチーズは一面に細かな泡が浮いていて、触れた途端にはじける——すると、とろりとしたクリーム状のものになり、いいにおいがして、口にじわっと唾《つば》が湧く。二人は黙ってもぐもぐと嚙む。

残りの二枚に塗る分のチーズもちゃんとある。ぴったり足りる。少女は何も言わず、満足している。二人は隣どうしに横たわっている。二人して「おいしい！」と思う。熱くて、舌をやけどする。顔が火の正面だから、前のほうは火照るけれど、体のほかの部分はどこも寒いし、風のせいで寒さが入りこむ、足も、背中も、おなかも寒い。だけど食べられるだけ食べたから、内側はほかほかしてくる。

そこで二人は話し出す。少年は言う。

「知らないだろ。おれ結婚するんだ」

「へえ」と少女は言う、「誰と？」

二人は声高にしゃべる、風があるから。

「それは言えない、けど相手は金持ちなんだ」

「その娘《こ》は乗り気なの？」

「当然！　でも、もしも彼女にふられたら、おまえと結婚するよ、おまえはいいやつだから」

「あたしが断ったらどうするのよ？」

「なに、断らないさ」

彼女はあかんべえをした。

チーズはなくなったしパンも食べてしまった。二人は立ちあがる。それぞれ両手を温める、手は紫色になっている。顔は熱くてちりちりする。少年が一人と、少女が一人。夜が来る。眼下に見える谷間の村は、闇に満たされている。そして風が、通りがかりに、その闇をひとつかみ手に取って山の斜面に投げつけている感じがする。闇は煙みたいにこちらへ駆け寄り、頭上に降りてきて、覆いつくす。時間だ、もう帰らなくては。

「手伝ってくれる?」

「もちろん」と彼は言う、「だって結婚するんだから」

山羊をまとめなきゃいけない、ところが山羊ときたら、厄介なんだ。こいつらは頑固で、意地を張る。いつも、してほしいことの逆をやる。少年は大声で叫びながら駆け出す、少女は棒を振りあげる。彼は群れの周囲をぐるっと走る。彼女は目の前へ来たのを追い立てる。だけどいつでも一匹逃げ出す。そいつを追いかければ、ほかのが散りぢりになる。

二人は声をあげ、小石を集める。あとは投げ方を知っているかどうかが勝負、うまく投げて、たとえば、山羊に進んでほしい方向の反対側に落ちるようにしないとだめだ。

時間がかかる、骨が折れる。おまけに風だ。山羊たちは風に向かって歩くので、毛並みは背にぴたっと貼りつく。ひげはみんな後ろへなびく。押し戻される。はじき返してくる壁を、破らないといけないから、懸命にぐいぐい突っこむ、するとようやく体のまわりで崩れていく。

そこで棒を大きく振りおろしながら、二人はさらに声をあげては、小石を投げる。そうしてとうとう群れの先頭を道に出すことができた。道は険しい下り坂。暗くてよく見えない。目に映るのはただぼんやりした波のようなもので、ところどころ少しだけ白い波頭が立っている。それから、群れの波は流れ出し、流れ落ち、奔流《ほんりゅう》となって、岩から岩へ伝っていく。はっと気づく、風がない。雨垂れのような木靴の音が急に耳に入る。といっても、風は相変わらず頭上で強く吹いていて、大きなちぎれ雲を次々と押し流し、雲は隙間から夕日の名残を覗かせたかと思うと互いにぶつかる。けれどもこちらがおりていって、荒立つ高地から遠ざかるにつれ、あたりはだんだん静かに、安らかになる。

何かがこちらへやってくる。とても小さな澄んだ声、小鳥のさえずるような音。ひとつきて、またひとつ。離ればなれに届き、それから一度に降り注ぐ。種を投げて蒔《ま》くときと同じで、軽い種は舞いあがるし、重いのは体のまわりに落ちてくる。鮮やかな調べ、くぐもった一音。ひとまとまりの歌がはじまる。鐘だ、夕べの祈りの鐘だ。「大変!」と少女は言う、「遅れちゃう」山羊を急《せ》かせるしかない。彼女はまた棒を振りあげる。だが群れはいまや落ち着いて、道の両側に立ち並ぶ柵に導かれている。もうはみ出すことはない。

棒が背骨に当たって鳴る。山羊たちはいっとき速く流れる。黒い闇のなかの黒い群れだから、流れのありかを示すのはあちこちに仄白《ほのじろ》く見える背中だけで、それらはふわりと浮いては、また沈む、急流の真ん中に石があるときのように。

山羊の囲いはもうすぐ。女たちがそこで待っている。女たちは言う。

「あんた、遅いじゃないか！　何してたんだい？」

農村の年寄り

Un vieux de campagne

1944

わたしは、とある農村の年寄りのよう。自宅の台所に腰かけている。みんなは刈り入れの最中。

台所で、赤いビロードに金色の鋲《びょう》を打った肘掛《ひじか》け椅子《いす》に座っているが、この椅子は家の者が居間から持ってきた（居間があるのは、立派な農場をもっていて、裕福だから）。

だが、物持ちがなんの役に立つ、そう彼は思う（そして溜息をつく）、両脚で体を支えられなくなったいま、たくましかったはずの脚がひん曲がり固まってしまったいまとなっては意味がない、コチコチに固いから移動は二本の松葉杖が頼りで、見おろせば自分の両脚が松葉杖のあいだにぶらさがっている、もう自分のものではないかのように。

従えと言っても、聞かない。こっちには意志があるが、脚のほうは別の意志がある。両脚と、自分の考えがある頭のほうとをつないでいた電線が、ハサミでぷっつり断たれてしまった。

松葉杖を見る。そばに置いてくれている、脇当てをテーブルに立てかけ、杖先は床タイルの上。立派な松葉杖だ。脇当ては革。「肘掛け椅子よろしく、金色の鋲までつけやがって」と彼は思う、「おれをバカにしてるのか？」

杖先はゴムで、音が立たないようになっている。おれが家の中を幽霊みたいに、かつてのおれが幽霊になったみたいに歩きまわれるように、というわけだ。うまくこしらえてある（溜息をつきつつ、松葉杖の出来に見入る、握りの横木が嵌《は》まったあたりのきれいな曲線、材は見事な黒い木材。黒檀《こくたん》なのか、それともニスを塗っただけか？　しかしニスだとしたら、いいニスだ）。

　顔をしかめて、パイプを口から離す。管に黒い汁がいっぱい溜まっているから、吸いこむと音がして、口に直接入り、口先にその味がする。唾《つば》を飲みこむ、おれはもう煙草《たばこ》もまともに吸えないのか。用無しだ。

　みんなは自分なしで刈り入れをしている。刈り入れなのに自分はいない。この姿も、目も、意思もそこにはなく、いかなる気配といえど、向こうで荷車へ麦束を積みこむのにも立ち会っていなければ、こちらへ一同が帰宅してようやく収穫を手中にできたと初めてほっとできる瞬間にも立ち会っていない。どこにも、もういない。馬具をつけて汗をかいている馬たちと、その横に附いて緑の枝で虻《あぶ》を追い払う子どものそばにもいない。馬たちが橋つき納屋〔納屋の入口が二階にあり、盛り土の勾配を上って入る。多く住居と一体〕に荷車を入れるため速歩《はやあし》になるときもそばにいない。このとき男たちは、かしいだ側の積み荷にフォークを刺して、草むした盛り土に麦束が落ちないよう支え、その盛り土からは、馬が踏んばった拍子に蹄鉄《ていてつ》で跳ねあげた土のかたまりが、こちらの顔まで飛んでくる。

　おれは、台所に置き去りだ。耳を澄ます、それくらいしかできることがない。耳を澄ますと、蠅《はえ》の羽音の合間に、遠くの街道を行く車軸の軋《きし》り、アスファルトを叩くひづめの音、次いで一旦停止――そして無音、鞭《むち》を打つ音、喉のかぎりにあげる大声、それから、一気に行かなくてはいけない坂に取りかかった馬たちの張りつめた荒い息。すると轟音《ごうおん》が家のなかに響きわたり、天井に吊ったランプが紐《ひも》の先で揺れて、音はいまや頭の上、これはひと段落を告げてくれる心地よい轟音だ、収穫は安全な場所にしまった、六か月にわたる苦労と心配もこれでようやく完了だと。

　だが、おれは一体、なんの役に立った？　片方の松葉杖をつかむ。さいわい両手はまだ使える。片方の松葉杖をまっすぐに立てて、力いっぱいタイルを突く。くぐもった音。さらに突く。誰も来ない。手で食卓をバンバンとたたく。扉が開く、女房だ。

「今日の午後まででいくつ入れた？」

「七十五」

　年寄りは計算する、紙など要らない。まだ記憶力はたしかだ。去年は、この同じプラーズの畑で六十束の収穫だった。

　進歩した。今年はいい出来だ。とはいえ、去年、自分はちゃんと立っていた。脚の調子はすでによくはなかったが、それでもまだ体を支えてくれていた。くちばし型の持ち手がついたサンザシの古い杖をつき、ほんのちょっとずつ足を出しながら小径《こみち》を進んで、昔から持っている畑まで行った、村の上にある立派な畑だ。大空のもと、風のなか、石ころだらけの細い道、両脇には生垣、彼が通りかかると生垣で雀《すずめ》の群れがはじけて、一斉に空中へ飛び散る、石が割れるときのように。一瞬、目の前の青色が多種多様な破片でいっぱいになって、それらは少し遠くへ落ちる——彼のほうは、ゆっくりゆっくり、一歩進んではまた一歩、スリッパをはいた足を交互に前へ出して、かつては五分で着いた道のりに三十分もかけた、それでもなんとか進むことはできたのだ。自分自身の力で、自分に備わった動力で進みつつ、なにはともあれ自由に、大空のもと、風のなかにいて、鼻をうんとふくらませていつも嗅いできたよい匂いを吸いこむのだが、それらの匂いは遠くから漂ってくるものもあれば、隠れ処《かくが》から野うさぎを追い出すときのように、通りがけに自分で掻《か》き立てるものもあった。たとえば焼きたてのパンの匂いと同じ、太陽で熱された石の匂い。踏みつぶしたミントの匂い。

その間もほんの少しずつ歩んでいく、なぜなら年寄りだから、それまで年寄りだということを忘れていたのが、急にのしかかってきたから。やっと姿を現したプラーズの広い立派な畑は、自宅同様にくつろげる場所で、そのことは彼が土手をのぼり、両足を土に食いこませて頂上に立つ様子からもよくわかる。角は歪《ゆが》みのない直角、完全な長方形をした立派な広い畑で、目の前の斜面にのびのびと開けて真南を向き、日の出から日の入りまで陽光を受けている、それを見ると誇らしく、ふたたび力が湧いてきた。だから彼はそこに立っていた、畑の端にいた、去年のことだ、杖をついて立っていた。灰色の粗末な布のズボンに、袖つきの上着、シャツの襟《えり》ボタンを外した恰好《かっこう》でそこにいて、パイプをふかし、パイプをポケットに突っこんでから、さらに何歩か進む。すると、畑の端から端まで、麦束が等間隔で地面に寝かされている。まるで女たちが足先まで隠れるようスカートを広げて眠っているかのようだ。女たちはひとが来て眠りから起こしてくれるのを待っており、実際、フォークの一振りが彼女たちを起こしているところだった。というのも荷車もまたそこにいて、麦束から麦束へと進んでいたからで、荷車の上には男が一人、荷車の横にも男が一人、そして馬たちの前に三人目の男がいて轡《くつわ》を握っている。年寄りは、見張る。荷車の横の男がフォークを差しこむあいだ、荷車は進んでいく。するとフォークの男が腰の肉づきから上を横向きに動かして、きれいに色づいた重荷を腕の先に持ちあげるのが目に入るが、この荷は自分を養ってくれた土から離れるのを名残惜しんで、ためらい、一瞬のあいだ宙に留まる。それから、あらためて腰をひねって男は荷をぐるりと回転させ、まっすぐ空中にかざすので、麦束はいまや精いっぱい両腕を伸ばしつつ背伸びをした男の真上にあり、次いでその束が自然に降りていって、枠つき荷車のなかへ落ちるにまかせれば、中の者がそのつど並べていく。年寄りはそこにいて、見張っている。値踏みし、評価を下す、ふさわしい力と技をたった一日で見定める。重いから、力が要る。無駄な動きを避けねばならないから、技が要る、でないと麦粒が地面に落ちて、刈られた麦藁《むぎわら》の硬い毛の合間に埋もれてしまう。その麦藁は踏むと足の裏がチクチクして、掃除ブラシの感触を連想させる。彼は主《あるじ》だ。去年は、そこにいた。そのあと、冬のあいだに発作が起こったのだが、リウマチというのはひとたび関節に入りこめば容赦ない。このとおり、おれの脚はよじれてしまった。

＊

女房に言う。

「荷積みは誰だ」

「ルイだよ」

「困るな。あいつは手際が悪い。それに寝が足りてない。あいつはきのう何時に戻った?」

「心配しないで」とカヴァン夫人は言う。

彼はまたもや松葉杖でドンドンとタイルを突く。

「『心配しないで』だと。言うは易しだ。もし何かつまずいたら全部おれの責任になるんだぞ。せめて全員揃《そろ》っていたんだろうな?」

「全員いたよ」

「リュバテルは来たのか」

これは繁忙期に日払いで雇う農家の働き手。

「それにユリスは何してる」

ユリスは召使い。

「それからアドリエンヌは、手伝いに来たか」

アドリエンヌは女中。年寄りは誰一人忘れない。

「あとジュリエンヌは？ こっちも寝不足だろうな」

ジュリエンヌは、自分の娘。

「兄妹一緒に帰ってきたのか」

ジュリエンヌの兄が、ルイ。

「仕方ないでしょう」とカヴァン夫人、「二人とも若いんだから」

「若いだと」と年寄りは言う。「困るな」

「閉じこめておくわけにもいかないでしょうが」

「そうだが」と年寄りは言う、「しかし刈り入れじゃないか。おれなしでの刈り入れなんだ、このクズどものせいで」

松葉杖をひっつかみ、揺さぶり、しまいに松葉杖は床タイルに転がった。女房が拾った。

「おれだって行ったもんだ、青年祭に。だが、きっぱり止めた」

「落ち着いて」と女房が言う。「興奮しないで。みんなここにいるじゃないの。実の息子もいるんだし、わたしだっている」

「そういうことじゃない」と年寄りは言う。

女房を見つめる。

＊

わたしは、とある農村の年寄りのよう。もはや自宅の台所を出ることもなく、壁の向こうでは自分なしの生活がつづいている。

女房を見つめて、考える。

「そう美人でもなくなったな。言い寄っていた当時ときたら、毎日二時間も歩いたんだ、行きに一時間、帰りに一時間。十分間のおしゃべりのために、一時間の歩き。雨の日も、雪の日も、晴れの日も、昼も夜も、月明かりでも、月がなくても。雪が膝《ひざ》まであったり、膝より上まで来たりするスリーニュ峡谷、林では嵐のあと水がわざと葉叢《はむら》に留まって、雨がやんだあとになってざあっと降ってくる。木にぶつかりでもすれば、ざぶんと水をかぶるんだ。狐がいることもあった、狐くらいしか巣穴から出てこない天気のときは。時にはあまりに真っ暗で、まるで木の幹と目隠し鬼をして遊んでいるみたいだった。両腕を伸ばして、一本また一本、どこにいるかもわからないまま幹を伝っていったもんだ。一時間の歩き。それでも二人になれないことがしょっちゅうだった（彼は女房を見つめる）、十分間、二人きりでいられないんだ。親の客がきているとか、仕事が忙しすぎるとか。おれは言う、『お嬢さんはお元気ですか』相手は答える、『元気だよ、いま来るから、さあ座ってな、エルネスト』そうして帰りはまた同じ道を通るわけだが、それは行きのときにはなかった道だ、なにしろ冬には道なんてものはない、だから自分が通る道は、自分でそのつどつくるしかない」

女房を見つめて、考える。「よくできた女だが」

女房を見つめるが、もはや顔に見覚えがない。「誰がおれの女をすり替えたんだ？」

そこにいる女は、太った赤ら顔に汗を浮かべ、垂れた大きな胸の崩れぶりを隠しきれない濃紺に水玉模様のブラウスに、家事用のエプロンを胴まわりに結んでいる。身動きせず、太い足に折り返しつきのスリッパをはき、脚を大きく開いたまま、じっとしている。何を待っているんだ？　あるいは単に台所の涼しさを味わっているのかもしれない、しばし休憩できて、時間が過ぎるのを感じながら何もせずにいるのは気持ちいいから。しかし年寄りは、もうこの顔に見覚えがない。心につぶやく、「そう美人でもなくなったな」あのころおれをあんなに駆けまわらせたのがこの女だなんてことがあるか。誰かがすり替えたとしか思えない。それから彼は考えこみ、もごもごと何かつぶやく。「時だ、そう、それだ、時なんだ」こう考える、「時が過ぎたってことだ。おれだってきっと、あまり見られたものじゃない点では大差ないんだろう」

そして、大きな声で、

「困るな」

「どうしたの、エルネスト」

「なんでもない！」

彼は腹を立てている。新たに麦束の荷車が橋つき納屋に入り、新たな雷鳴が家を揺すり、窓枠のなかでガラスが震え、馬のひづめのトントンと急ぐ足音が天井から聞こえると同時に、天井の隙間から埃《ほこり》がすじになって落ちてくる。

立ちあがろうとするが、できない。女房が座り直させる。女房に向かって怒鳴る、

「あいつらが何をしてるのか、あとで知らせに来るんだぞ」

＊

わたしは、とある農村の年寄りのよう。いまは畑仕事の時期で、その仕事が自分のいないところで進められているがゆえに、あたかも自分の意に反して進められているかのように感じる。悪態をつく、だがなんの役にも立たない。

ポケットからパイプを取り出し、親指でギュッギュッと葉を押しこむ、パイプは詰まって吸いこめない。何ひとつうまくいかない！　じりじりと上階の物音に耳を澄ます、荷車から麦束を一束一束、滑車で吊って下ろす音。馬たちを馬車から離し、家畜小屋へ連れていく。

今日のところはこれでおしまい。納屋で話す声が聞こえる。一人の女の声、何人かの男の声。滑車が、女の子をつねったときみたいに金切り声をあげ、次いで長々と嘆く。「何をやってるんだ？　ずいぶん時間がかかるじゃないか！」時折、底に鉄を打った靴の音がドタドタとネズミを追いかけては、逃げようとするところを蹴《け》り殺す。年寄りは、いらいらする。時間が経つ。彼は時計を出す、時間が流れる。夕飯の時間はもう過ぎたが、相変わらず降りてこない。「おれがいないと何ひとつうまくいかないんだ」ようやく、女房が入ってくる。

女房は食卓の用意をする。彼は脇へどくしかないので、唸《うな》り声をあげながらどく。コンロのなかのブナの薪火《まきび》が同じ唸り声を返す一方、鍋のふたがカタカタと揺れ、時々銃声に似た音を立てて薪がはぜる。

スープ鉢、皿、錫《すず》のスプーン、ナイフ。

彼はテーブルの片隅に押しやられ、それから今度は女房に助けてもらって、反対の端にある定位置へ腰かける。

彼は主だ。おかしな主もあったものだ。「おれを引きずりまわすのもいい加減にしろ」と彼は思う。

みんながようやく到着した。みんなというのは、女房、リュバテル、ユリス、息子、娘。彼の隣に女房、その隣にジュリエンヌ。ルイは彼の右。その向こうに残りの二人がつづく。聞こえるのはすすする音と、スプーンを皿に沈めるときに、へりがカチンと当たる音だけ。彼は、ほとんど食べない。だから何も話さない。彼が何も話さないから、ほかの者も黙っている。それぞれがフォークを熱いじゃがいもに突き刺して目の前にかざし、慎重に皮むきに取りかかる、皮を手前に引きつつ、湯気を立てる白くつやつやした身を剝《む》き出しにしていく。ひとつの手がチーズに伸び、チーズを削ぎ、そしてその手がチーズのかけらとともに皿のほうへ戻る。

夕べの七時ごろだ。天気はいい。南向きの窓が庭に向かって大きく開いている。クロウタドリが猫に気づき、くちばしを使ってタイプライターを叩くような乾いた音を立てつつ、木々のなかで羽をばたつかせ、枝先から枝先へと飛び移る。ばら色の埃が舞っているが、それが夕暮れの光のせいなのか、それとも雌鶏たちが歩きながら足で引っ掻いて立てる土埃なのかよくわからない。中くらいの高さに留まるその埃の向こうでは庭のダリアが、土に刺した添え木に茎の真ん中で結わえつけられ、まるでウエストをしぼったスカートのご婦人方みたいに、ピンクや赤や黄色やまだらの花のついた大きな夏帽子のもと、うつむいたり、顔をあげたりしている。人々が街道を通っていく。老人の咳《せき》。鎌を鍛える音。

こうした音のすべてが、窓から台所の沈黙のなかへと入ってくるが、とうとう年寄りが沈黙を破る。

「それで、今日はどうだった」

口火を切るのは年寄りだ。

「いくつまで行った」

ルイが答える。

「二百五十」

ほかの者は揃ってうなずく、なぜならたいした数字だから。二百五十の麦束を、ひとつひとつ持ちあげ、転倒の危険を避けるため積み荷が均等になるよう振り分けつつ、荷車に寝かせなくてはならなかった。みんな自分たちに満足している、だが年寄りは満足でないらしく、言葉を加えることもせずに、何かぶつぶつ言って、立ちあがる。

すると全員が彼と同時に立ちあがる。

そこで彼は女房に近づき、

「おれのところへ子どもたちをよこせ。話がある」

＊

彼は寝室で、ベッドの足元近くに腰かけている。クルミ材でできた二人用の巨大なベッドで、両端のボードに一本ずつ黒い半円柱が彫られ、その天辺にあるメダルもやはり黒く塗ってあって、嵌めこまれた白い骨製の円盤が、小さな目のように見える。ベッドの上には赤白チェックの布をかぶせた羽毛布団がでかでかと広げられ、そのこんもりした小山は発酵したパン生地を思わせる。

年寄りは、ベッドのそばに座っている。待つ。溜息をつく、大きな溜息をひとつ胸から吐き出し、さらにもうひとつ、両膝に手を置いて吐き出す。ルイが入ってくる。

ルイは父に似て背が高く痩《や》せ型、鼻は長く、そばかすがある。半袖の青いシャツを着ている。「おれたちのころと違う」と年寄りは思う。「おれたちは家で縫った麻シャツを着ていた。はじめのうちは赤茶けた色。洗ううちに白くなっていくやつで、袖は長袖だった。こんな色シャツはどうしようもない。だが流行なんだ。こいつは若い、流行を追ってるんだ」息子は彼の目の前に立っている。わたしは、とある農村の年寄りのように、息子に言いたいことがあって晩に来させた。

「聞け、ルイ」

年寄りは考える、「息子たちというのは、そこまで親を慕うものか？　子を作ったのは自分でも、出来映えは自分にはわからない。息子たちは何を考えているのか、たとえばおれの息子は？　息子はひょっとするとおれが椅子に釘づけにされているのはそう悪くないと思ってるかもしれない。なぜなら自分が指図できるから、いまや自分が主だから」

年寄りは言う。

「聞け、ルイ、指図するのはおまえだ、当然だ。ただな、指図するなら、遊ぶことは考えるな。遊ぶ権利はなくなるんだ。昨晩遅く帰ったな？」

「親父、わかってるだろう、青年祭だったんだ。親父だって昔は行っただろう」

年寄りは言う。

「『昔』はいい、だが今日は刈り入れだ。刈り入れがうまくいくには、頭がしっかりしてないとだめだ。疲れてたんじゃないのか？」

ルイは言った。

「そんな、まさか」

「いや」と年寄りは言う、「どんなものか、おれはよく知ってる。友だち、ワイン、九柱戯《キーユ》

〔ボウリングに似た遊戯〕。踊ったか」

「そりゃ踊ったよ」とルイ、「でもほどほどにした」

「何時に戻ったんだ」

「はっきりとは言えないけど、三時ごろ」

「そら見ろ」と年寄り、「早起きしたから、寝てないな」

「でも普段どおり一日中働いたよ」

「だがな」と年寄り、「見張るほうはどうだ？　おれの代わりをするんだから、忘れるな、腕っぷしだけの問題じゃない。みんなを従わせることができてるか？　手下の者を働かせてるか？」

「とにかく全部うまくいったと思う」とルイは言う。

「思う？　わかってなきゃだめだ」

　ルイは腹を立ててはいない。落ち着いたままで、反論しない。ただ、たまに身ぶりで示す。病人に逆らわないようにと、よく言い聞かされたのだ。

　年寄りはそれ以上、言うことがない。

＊

わたしは、とある農村の年寄りのように、次いで娘が入ってくるのを目にするが、この娘は肉づきがよく、白いエプロンに青い麻の上っ張りを着ていて、上っ張りには、麦を結び紐の上に置くときアザミの棘《とげ》が刺さらないように足す着脱式の袖がついている。麦を束ねるのは男で、結び紐の両端を握り（まだ昔ながらの柳の紐）、近づけ、ひねり、それから膝でえいと一蹴りしてから留めの部分を差しこみ、くるりと留めれば、一束にまとまる。

ジュリエンヌが、やや小柄で肉づきがいいのは、母親似だ。

「ここに来させたのは」と年寄りは言う、「おまえのことが心配だからだ。誰かを追いまわすようなことでもはじめてないかね」

「まあ」と娘は言う。

「まあな」と父は言う、「祭りに行くことを許したのはわかってる、ただおまえが悪いほうへ転がってはまずい。若い男が相手ではな……。もしおまえに誰かいるなら、かならず言いに来るんだぞ。付き合ってるのはいないのか？」

娘は赤くなり、ううんと首を振った。

「おれは、おまえを見張れない」と年寄りは言う。「おれは、もう役立たずだ」と年寄りは言い、「だが、おまえが愚かなことをするんじゃないかと恐ろしくなるときがある」

「まあ、お父さん」とジュリエンヌは言う。

彼女はきりりと背すじを伸ばす。

さて、娘は何を考えているのか？　年寄りはふたたび疑問に思う。そして今度も、わからないままでいる。娘はやさしく、もの柔らかだ、だが内に何を隠していることやら。

そこで年寄りは大きな溜息をつく。こうすれば、ともかくも、注意を惹《ひ》くことはできる。娘からもらえるものはそれくらいだから……。

彼は言う。

「母さんを呼んでこい」

＊

わたしは、とある農村の年寄りのよう。一人で寝床に就くこともできない、だから女房が助けに来る。

女房は布団をまくる。彼は、マットレスの上へうつぶせに寝る。

彼はうめく。女房は彼の両脚を持ちあげる。彼は頭が枕のところへ来るまで、腹ばいでずりあがる。すると女房は、体勢の整った上半身からまっすぐつづく形で両脚がシーツの下に収まるようにし、その間、彼は苦しげに仰向けに寝返り、両脚をちょっとずつ動かして、具合のいい位置にもってくる。時間がかかる。

ようやく横になれた。彼は溜息をつく。

「気分はどう?」

彼はよくないと言う。

「カモミール茶を作ってこようか?」

カモミール茶を運んでくる。村は寝静まっている。帰り遅れた鳥たちが、鋭い鳴き声と羽音を立てつつ、急いで巣へと戻っていく。まだ遠くで蹄鉄工が間遠《まどお》に鉄床《かなとこ》を響かせているのが聞こえる。仕事が遅れているのだ。音は弱まっていく。窓は半開きのままにしてある。年寄りはカモミール茶を飲んだ。女房が電気を消す。

湖の令嬢たち

Le Lac aux demoiselles

1944

彼は羊たちとともに、森のはるか上、牧草地のはるか上にある、空と隣り合った空間、雲だけが訪れる場所にいて、そこからは青のなかに尾根が連なっていくのが見え、連なりのところどころが剣先や、塔や、鐘楼《しょうろう》のかたちに突き出ているのを、雪がまだらに輝かせていた。

高みに、家畜を連れて一人きり。そこはもはや岩の割れ目に貧弱な芝が生えるのみで、芝をぺろりと舐《な》められるのは、急傾斜でも巧みにしがみつける小さなひづめを持った羊たちしかいない。そのうちに草が根っこまで食べつくされ、最後に点々と残った緑も、上から照りつける太陽によって赤茶けた色に変わるので、そうなったら羊とともに移動する。彼は棒を振りあげる。駆け足で追いかけるふわふわした背の群れは、土色がかった色味もふくめ、まるで雪解け時分の滝の水のようになるから、焼けた石の上を自在に流れていくとき個々の羊はほとんど見分けがつかないほどで、この流れは土地の起伏を追い、窪地《くぼち》に侵入し、あるいは山のまるい肩のところで逆流することもあって、そんなときは、上空の風に吹き飛ばされていく雲が映す影のように見えるのだった。羊たちが口を動かす音が聞こえた。急ぐひづめの音が、大粒の通り雨のようだった。彼は前に出たり、後ろについたりしながら、破れた半ズボンにボロ切れ同然のジャケットという、本人としては精一杯の服装に、鉄底で革が石なみに硬い大きな靴を裸足《はだし》でじかに履いて進み、靴が岩石に当たって軋《きし》るのが、前進する群れの立てる音に混じる——これが、生命活動から身を退いたかのごとく世の外に位置するこうした高みの、とてつもない静寂を乱しに来る、唯一の音だ。

なにしろ、山腹を征服しようと登っていった森林たちは、もうずっと前に挫折している。高みを目指してとりわけ果敢に立ち向かったいくつかの森ですら、結局は諦めて、険しい細道にぽつぽつと散らばる生長の悪い数本の木となり果てた。人間も、牛を連れて飼料を求めるのにそこまで高く登ろうとまでは思わなかった。もはや誰もいない——ただ、空にそそり立つ尾根の先端に、何か泥流のような灰色をしたものがひとつだけあって、それははたと動きを止め、長いことそこに留まって、それから奇妙にも、先ほど降りてきた道をまた登っていく。

名をピエールといった。張り出した岩の下に、乾いた石を積んで作った小屋に寝泊まりしていた。乾かした草を少し敷いた上に寝る。飲むのは岩の裂け目から浸み出る湧き水だけ、命をつなぐのは荷車の車輪みたいに平べったい、大抵は半年も前の黒パンと、同じくらい硬く虫食いだらけになったチーズのかけらだけ。小屋の隣が、夜に羊を入れておく囲いで、それを除けば、彼の上にも、横にも、下にも、ひたすら静寂と孤独があった。しまいには話の仕方がわからなくなった。下のほうの、一日のあらゆる時間帯に人が住んでいるあたりで交わされる言葉は、彼にとってなんの役にも立たないがゆえ意味を失い、いまだ頭のなかには浮かぶものの、口から出すことがもはやできず、代わりに舌打ちや、あるいは群れを正しい方向へ向け直すときに使うしわがれた一種のかけ声を発するようになった。そのせいで、彼が時折蓄えを補充しに降りていく山荘にいる男たちの間では、少し頭が足りないと思われていたのだが、彼はそうやって何個かのじゃがいもと、いかなる樹木も灌木《かんぼく》も育たない区域に住んでいるため譲ってもらえる柴の束を手に、また登っていくのだった。

少し頭が足りないと思われていた。くれるものを何も言わずに受け取り、羊たちの元へ戻ると、じゃがいもを焼くため小屋の前に小さな火を焚《た》いた。すると、谷の人々はあんなに高いところに光が点っていることに驚き、星が落ちたのだと思いこむ者もいれば、登山者が時々するように、家に残った仲間に合図を送っているのだと考える者もいた。赤い点は夜空の底にあると同時に山の尾根にぶらさがっていて、その山は夜空よりも黒く、闇のなかにあってさらに別の闇を積みあげたように見えた。そうした闇の堆積の高みに赤い光があって、ツチボタルほどの大きさだが、色合いが違うし、一定しない、つまり強く輝いたかと思うと、消えそうなまでに光が弱くなるのだ、といっても消えはしない。山のなかの火、普段から火を目にして当然の土地よりもあまりに高い位置にある火。ピエールだ。火のそばにいる。じゃがいもをむく。古いチーズをナイフで削ぐ。地べたに座り、両膝《りょうひざ》を立て、腕を膝にまわして、口に入れる用意のできた食べものを目の前の黒い両手にもち、ゆっくりと噛《か》む。

折に触れて、居丈高《いたけだか》な短いメエという鳴き声が聞こえてくるのは、大きく開けた口のなかにザラザラした小さな舌が震えている鼻面から、こちらへ向けて発されたものに違いない。そして、下には五百メートル分の完全な沈黙があり、上には無情な天空が広がっていた。

＊

風に当たらずに済んでいるあいだは、石に照りつける太陽の熱気が耐えがたかった。しかし、空気の流れを遮断している岩だらけの尾根を越えるやいなや、腰から上に氷水なみの気流が浴びせられた。その風はまるでここに河が流れているかのように絶えず押し寄せ、障害物を乗り越えようと上昇してから、今度は前方へ向かって突進していった。唐突に夏から冬へ移行する。ひとは両手で帽子をつかんで飛ばされないようにした。時には自分自身が飛んでいかないようにぐっと前へ体を倒さなくてはいけなかった、一番暑い日々まで季節をさかのぼりたければ、少し身をかがめるだけで済むのに、頭上一メートルのところには途切れのない奔流《ほんりゅう》をなして、目に見えない洪水が流れつづけており、そこでは何羽かのニシコクマルガラス、あるいは翼を大きく広げた鷲《わし》が、急に斜めに傾いて翼の内側をさらし、飛行に迷いを見せたかと思うと、下から突きあげられて、黒焦げの紙が煙突から出るときのようにきりきりと回転するのだ。

ピエールは尾根の少し下に陣取っていた。

自分の真上で、垂直に立った結晶片岩の薄片が風に揺さぶられて歌うのを聴いていた、風は舌が管楽器のリードを使う要領で、岩からメロディを引き出していた。単調な歌で、時には突然二つ三つ音高を下げ、また時には音階を駆けあがったすえに、ヒュウヒュウという甲高い笛の音になってしまうのだった。

彼は両足を虚空にぶら下げていた。かなり高い断崖のへりに座っていて、その下には平らな芝生の一画があり、芝生の先はふたたび何もない空間へ落ちていく、つまり山全体がこのように段々の積み重ねでできているのだが、降りるにつれ段の両端は徐々にたわんで、最後にはほとんど交わるほど近づいていて一種の眼窩《がんか》のような閉じた空間をつくり、その底に、目玉のように、小さな湖がやさしく光っていた。

ピエールは腕に昨晩生まれた仔羊を抱いていた、まだ脚が弱いので、この辺の絶壁に一匹で迷いこんではまずいのだ。母親が訴えるようにメエメエと鳴きつつ、子どもの周りをうろうろしている。ピエールは仔羊が寒くないよう、上着の身頃《みごろ》にくるんで、胸にぎゅっと抱きしめていたが、仔羊はいわば大雑把に組み立てた木枠に、巻き毛の毛皮で覆いをかけたといった具合で、まだ湿り気のある体から垂れさがる四本の震える脚は、こんなに小さな体に対していかにも太すぎて、まるで木材の切れ端をナイフで粗く削ったかのようだった。けれども、弱々しい形《なり》ではあれ、奥には命の脈動があって、息づかいは荒く、脈拍も速い調子で打ちつづけていた。そしてピエールはそのことに感銘を受けていた、なぜだかはわからなかったし、自分でそうと認めたわけでもないのだが。心のなかに何かが起こるのを感じながら、小さな動物を腕に抱きつづけていると、母親がぴったりと体を寄せ、湿った鼻面をぐっと伸ばしてきて、しまいに彼の膝の上に載せた。そこで彼は仔羊を、自分の体重を支えるのがやっとの強さしかない脚で地面に立たせたので、仔羊は乳を吸いはじめた。彼のほうはさっと体を前へ倒し、両手を顔に添えると、膝に肘《ひじ》をつき、まっすぐ前を見つめた。

視線はすぐに落ちていき、跳躍を重ねるように、深淵の誘いに応えてどんどん下り、しまいに例の小さな湖にぶつかった。

いまはおそらく午後三時ごろ。頭上の太陽が、枝の先に実る果物に似た姿で西のほうへ傾きはじめ、そのため向かって右の岩場は正面から強く照らされる一方、左の岩場はだんだんと日影に入り、少し青みがかって、薄手のモスリン生地をかぶせたかのようだ。湖はまだ完全に日なたにあった。何色と言えばいいのか、ためらわれる、というのも照らされた水面は青いのだが、ひとすじの陽光が貫いた穴に視線を投げこんで水中深くに潜っていけば、水の色は緑、濁った緑だからだ。なおかつ完璧に滑らかで、表面はぴしっと張りつめてどんな渦に乱されることもなく、平たく、円く、ただし岸辺の色味が暗いために、中央が膨らんでいるように見える。ピエールは「あの湖は大きいのかな」と考えた。比較の材料になりうる周囲の木や岩からすれば、相当の大きさの湖だろうと判断できたが、同時に、こんなふうに上から眺めると、ごく小さく見えた。

ピエールはさらに「深さはどうだろう」と考えた。そして日が差したのを機に視線を水中へ降ろしていったが、底には行きつかなかった。「ああ、これは深いな」、そう思いながら、背筋がぞくりとするのを感じた。

仔羊は隣で母親の腹の下に寝そべって乳を飲んでいた。群れは芝の平面でおとなしく草を食《は》んでいた。彼はといえば、引きつづき眼差しをさまよわせて、眼下の空間を探っては、死んでいるようで死んでいないあの湖水へと絶えず引き戻されたが、そこでは太陽がいまにも片方の岸から離れるところで、その間に影が少しずつ、瞼《まぶた》のように、湖を覆って閉じようとしていた。湖の両端のうち、ピエールの足元にあるほう、彼が交互に虚空へ出した足をぶらぶらさせているほうは、上から落ちていった岩のかたまりが雑然と積み重なっていた。向こうの端は森が、まばらな枯れかけの木々となって、岸まできていた。

その岸の、木々の合間に、彼女たちの姿を目にしたのが、最初だった。ふたつの白っぽい何か、といっても点と変わらないほど小さいのだが、それらが木から木へと進み、時に日影に消えては、また陽光に照らされる。そうやって湖畔までたどりついた。ピエールは注意深く見つめていた。

この辺はとにかく寂しくて、たとえ広大な面積をつぶさに見渡せる条件にあったとしても、生き物を発見することは珍しい。彼は「誰だろう?」と思った。そして「お嬢さんが二人。山荘から出かけてきたんだな」と心につぶやいた。町のお嬢さんに違いない、白っぽい布製のワンピースからしてきっとそうだ、というのも地元の女なら、羊毛の黒い服を着ているから。

目が離せなくなっていた。一人は背が高め、もう一人は低めだった。ピエールの目が慣れたのに加え、意志の力がなおのこと視力を研ぎ澄ませたので、いまやたしかに二人が、薄手のスカート部分を通してわかる脚の動きにつれてやってくるのが見えて、一人はモミの木の下に腰をおろし、もう一人は湖の岸辺まで進んできていた。湖は待ち望んでいたのか、彼女の像を受け入れたとき水面を震わせた。というのも彼女は水に向かってかがみこみ、自分の顔を映し、片手を浸し、それからもう一人のお嬢さんのほうへ振り返ったのだ。ピエールは全力で見つめていた。そして水辺にいるほうが、やはり腰かけて、両手を足元へ伸ばすのを見た。さらにその先も彼は見たのだが、つまり彼女は両腕をあげてワンピースを脱ぎ、そのことで前よりもなお少し白さを増し、それからさらに色が変わって、それから、肩の上の首だけを四方へ動かして、きょろきょろと周囲を見まわした。彼はずっと高いところ、突き出た岩の上に留まっている、まさかいるとは思わない、彼は見られることなく、すべて見える。最後に残った白いものも脱いだのが見える、山全体が見ている。中心にいるお嬢さんは、ばら色、といってもばら色そのものでもなければ、黄色でもなく、日光につつまれ日光に彩られた淡いばら色をしている、咲きたてのマルメロの花のように。歩いていって脛《すね》まで水につかる、山全体が見ている。身をかがめ、片手で水をすくい、両脚と体をこする、肩の上で髪の毛が黒い染みに見える。

そのあと、ざぶんと泳ぎはじめると、湖の水はガラス窓を拳で殴ったときのように無数に砕けた。破片が水面に浮かんだかと思われるほど、切っ先が陽光を受けてきらきらと光った。

岸からほど近くに、水面から顔を出している岩塊があった。彼女はその方角へ向かい、到着する、山全体が見ている。そして岩によじ登り、彼女はそこにいた、まっすぐに立ち、水をしたたらせ、両腕を挙げていた。そうして二重に見られ、二度見られていた、なぜなら彼女の足元でもう一度、反映によって彼女の姿が繰り返されていたから。見るからに大いなる姿、実物も見るからに麗しければ、鏡像も見るからに麗しい。

彼はずっと見ていた、息が苦しかった、だが、もうおしまいだ、彼女の上に影が降りてきた。おしまいだ、彼女と一緒に山全体の明かりが消えたと言っていいほどだった。

ピエールの視界は黒くなった、まるで色眼鏡をかけたか、太陽の手前を雲が通ったかのように。とはいえ雲はない。すべては先ほどまでと変わらず、違いはといえばただ、深淵が闇に満たされつつあったのだ。

＊

彼は翌日すぐに山荘へおりていった。道すじは下り一時間半、のぼりは三時間かかる。彼はしかし、一時間足らずでおりた。転がるにまかせればいいだけだ。「あのお嬢さんに会えるだろう、あそこにいるだろう」と考えていた。岩塊から岩塊へと転がっていき、あるいは地面を踏みしめていながら肩が斜面に触れるほどきつい傾斜であっても、身軽な上に慣れている彼は勾配に体を預けて、ひとりでに下へ引っ張ってくれる自分の体重に身をゆだね、はじめは岩の合間、次いで芝が根っこまで食われ太陽に焼かれてフェルトまがいになっている上を進んだが、そこは歩いても足音も立たず、自分の心臓の音だけが響いた。

群れは、逃げ出すことのできない安全な場所へ置いてきたが、そのとき「今夜には戻ってくるが、それまでに彼女の姿を見られるだろう」と思った。主人には「パンとチーズをもらいにきた」と言えば、誰も驚きはしない、そして自分は、彼女を見て、それからまた登っていくだけだが、少なくとも彼女の姿を見ておくことはできる。そうやって右手に見えていた湖から離れて、森の入口まで運ばれていくと、今度は低い側を伝って森を抜けた、いや森というより、最前衛に出てきてしまった森の細い先端にすぎず、木々の数は少なく、生え方もまばらで、老いさらばえ、半ばひからびて粉を吹いている。唐松やスイス松がちらほらとあるが、この高地で生きていくのに苦労していた。したがってほどなく彼は木々の元を去り、するとそこに滝があるため、右のほうへ導かれる。

山荘が牧草地のくぼんだところに現れる。山荘と、家畜と、人間。山荘の屋根は、地面に向かって平らにつぶれた低い大きな屋根で、あたかも空全体と山全体が上から重みをかけたかのようだが、しかし煙突からは煙がのぼり、耳に届くのは銅の鈴や、このあたりで壺《トゥパン》と呼ばれる、ひび割れた音のする鍛鉄《たんてつ》の鈴が奏でるやさしい歌で、これらの鈴の合奏がつくる調べは、調音に難がありながらも明るく、穴だらけの音楽でありながらも途切れなくつづいて、このすぐ近く、家の真後ろにある斜面で、何かしら壮麗なものとして生まれつつある。そこには牝牛たちが何重もの見事な列をなしていた。ひづめで削るうちにできた小径《こみち》に前後に並んで草を食んでいたが、その小径がなければ立っていられないに違いなく、横向きの姿は陽光に輝くまだら模様や褐色や真っ黒のきれいな衣につつまれていた。

その間にピエールはやってきた。主人は山荘の戸口に立っていた。ピエールがやってきて、主人は来るのが見えたから待っていた。やってくるピエールは何も言わない、主人も何も言わない。やってくるピエールは、近づきながら眺める、周りをぐるりと眺めるが、牛の群れが、鈴の音のなか段々を成しているのしか見えない――周囲は虻《あぶ》や蜂が飛び、ぬかるんだ地面には葉の広い大きな草が生えて、水たまりに豚たちが寝ころんでいる。「彼女はどこにいるんだろう？」そこには誰もいなかった。

彼は主人に言った。

「食うもんなくなった」

そう彼は主人に話しかける。主人はパイプを口から離す。

「なくなった？　もう全部食ったのか。食欲旺盛だな」

主人は言い足す。

「何がほしい」

「いつもの」

たいして話すことはない。主人が家へ引っこみ、パンを取りに櫃《ひつ》のところへ行ったり、チーズの大玉からひと切れ分を切りとったりするあいだ、ピエールはふたたび眺める、もしかすると彼女がいるんじゃないかと、できるだけあちこち見まわす。そして見た、彼女だろうか、そう彼女だ。二人でいる、前日のように二人のお嬢さん、大柄なほうと小柄なほう、ところが彼には同じ娘たちとは思えない。二人は眼下にある牧草地のくぼみにかがんで、花束をつくろうと花を摘んでいる。二人のお嬢さん、うち一人は大柄で、だが二人とも灰色をして、光が消えている、なぜなら肩に外套《がいとう》を引っかけているからだ、灰色をして、ちんまりして、草地を行ったり来たりしていて、その草のなかには黄色い花が、美しい夏の夜空に浮かぶ星のごとく散っている。けれども彼女たちのほうは、見るからに物悲しい。そこで彼は「違う、彼女じゃない！」と思い、その間に主人が戻ってきて食糧を差し出し、ピエールは布袋にしまう、そして何も言わず、向こうも何も言わない。はじめは二人のお嬢さん、とりわけ大柄なほうをもっと近くから眺めるため迂回《うかい》しようかと思っていたが、急にやめた。代わりにただ主人に向かって彼女たちを指さし、

「誰？」

「客だ」

それで終わり、あとは帰るだけ。登りがやたらと長い。ひどい疲れが脚に溜まっていたが、あるいは頭のなかに宿っていたのかもしれない。下るときが速かった分だけ、逆向きに道をたどるいま、彼の歩みはのろい。袋が重い、暑い、蠅《はえ》がしつこい。周りでぶんぶん飛び交う。自分が移動するのに合わせて蠅もまるごと移動するから、体の周囲にモスリンを巻いたみたいになり、両腕を大きく振って崩そうとしても、うまくいかない。膝を曲げて足を上げるが、胴体はついていくのがやっとだ。階段を一段、また一段、一体全部で何段あるのか。目に塩辛い水が入り、頬《ほお》を伝って口に入り、顎《あご》に溜まって、落ちて、灰色の石に黒い円を描く。力が出ず、

気力も失い、まるで彼の生命に何かが欠けてしまったかのよう。

羊たちは彼が戻るとメエメエ鳴きながら集まってくる。彼は蹴《け》りを入れてどかす。昨晩抱いていた仔羊が、母親の隣でふらつきながらも立とうとしているのが目に入る。その仔羊も、群れともども囲いへ追いやり、それ以上面倒を見ない。焚き火が消えているのが目に入る、もはや少しの灰を周囲に散らした黒い円でしかない。彼は火を熾《おこ》しもしない。じゃがいもを食べきる。喉が渇くので湧き水のところへ行き、両手に口をつけて長いこと飲む。

＊

しかし、翌日早々、彼は前の場所に戻って、ふたたび岩の上へ腰かけ、両足を虚空へぶら下げた。眼下には、なんの変化もなかった。少し首を前へ出して視線を放てば、眼差しはたちまち岩の層から層へと転がり落ち、最後はいつもどおり燦《きら》めいている小さな湖にぶち当たった。彼は待つ。何も変わらず、すべてが待っているように見えるのだから、もしかすると彼女がまたやってくるかもしれない。彼はあらためて、午後じゅう待った。誰も来なかった。次の日もまた午後じゅう待った。誰も来なかった。三日目のいま、彼女はもう来ないのだとようやく納得した。「客だ」と主人は言っていた。客というのは一日だけいるもので、行ってしまったら戻ってはこないのだ。

そこで、もう一度あの小さな湖、あのきれいな鏡へ目をやり、いまやその鏡から「わたしは相変わらずここにいますが、もうなんの用もなしません」と言われている気がしたとき、頭のなかに強い怒りが湧いた。怒りが彼を立ちあがらせた。しなければいけないことがある。それがなんなのか自分ではよくわからないが、代わりに自分の両手がわかってくれている。手は前へ伸び、彼を引っ張り、ある岩塊のもとへ連れてくる。少しの腐植土に半ば根を下ろした岩石のひとつだ、そしてピエールは自分の力に驚くのだが、岩は押されて動き、ぐらつき、突然勢いをつけ、すると四方の岩壁から雷鳴が起こり、谺《こだま》が返って、行き来し、倍加してぶつかり合い、混ざり合い、こうして山全体が怒り出し、彼の怒りに山の怒りが加わった。

自分が突き落とした岩を目で追っていくと、岩は一段一段と転がりながら、大小の石ころを大量に引き連れていき、そこから灰色の砂煙がのぼるが、そのあと虚空に面したふちに着いて、迷うかのようにいったん止まり、それから飛びこみのように助走をつけ、弧を描いて跳ぶ。鈍い轟音《ごうおん》が響くとともに、ピエールが笑い出す、というのも下に見えるきれいな水の鏡のど真ん中に直撃したからで、鈍い轟音はまるで大砲の発射音のよう、そして水柱があがり、水滴となって落ちる。彼は笑う、はじかれたように笑う、山も笑う。なぜなら、山はこちらのことを知っている、山とは気持ちが通じる、ずっと昔から友だちなんだ。彼は笑う、もう一人きりじゃない。別の岩のところへ行って、揺する。羊たちは恐怖に捕らわれ、そして新たに沈黙が破られて、新たに大気のなかにあの崩落の音と、空気を切るひゅっという音がしたかと思うと、前方はるか遠くで灰色の大きなかたまりが空間を裂き、激突する。彼は笑う、山も笑う、小さな湖が様変わりしたものだから彼はますます声を立てて笑う、いまやそれは汚い水たまりのようなもの、あの山荘のそばにあった、豚たちの寝ころがる水たまりと変わりはしない。

日照り

Sécheresse

1944

彼らは広大な急斜面のずっと下のほうに住みついたが、それは北側にある山脈の勾配が、下りた先の平らな谷底に託した土地だった。

谷の北側の一番下ということは、つまり南向きなので、日の出から日の入りまで一日中、日差しに正面から攻め立てられ、ひと休みできるのは、どこかの怠けた雲がたまたま迷いこんで、太陽とその標的とのあいだをうろつくときだけだが、そんなことは滅多にない。

したがって一年の早い時期から、この斜面ではすべてが灼《や》かれて、土は厚みに欠け、骨格にあたる岩をどうにか半ば覆う程度、あちこちで薄すぎる皮から岩がはみ出す。

先の尖《とが》ったいくつもの大きな岩塊が、遊牧民が砂漠に立てるテントと同じ色と形をして、天頂にぴんと綱を張ったような姿で、牧草地の少し上にある峰に連なっている。森はほとんどなく、影がともかくも逃げこめるような峡谷もほとんどない。あらゆるものが、稜線《りょうせん》のくぼみに沿って空に切りとられた開口部から差してくる太陽光線の熱に、じりじりとさらされている。

西から東へとつづく大きな谷の、広々とした北斜面。春になっても、ところによってぽつぽつと若草色を帯びる程度で、その色もたちまち弱まり、薄まり、灰色と赤茶色に変わる。季節が先へ進むにつれて何もかもが熱で枯れる一方、枯れ草の下にある平らな岩盤は、ものによってはガラスなみにピカピカ輝く。

垂直に立てかけられたこれらの地の灼かれようは、人々の目に入る。見るのも耐えがたいので視線をそらす。時々ふんわりした霧らしきものが漂うが、それは細かい砂塵《さじん》が立ちのぼって、人の目を欺きつつ舞っているにすぎない。

ところがそんな斜面のふもとに、あるとき軽率にも居を定めた人々がおり、小さな集落を建てて、周囲にぶどう畑をめぐらせた、ぶどうは比較的乾燥に強いのでその点はかまわないのだが、彼らはぶどう畑の上に牧草地も所有していて、こちらは水がなくては成り立たない。

しかし空から降る水はまったく不充分だから、人間の知恵と工夫によって水の豊富な場所、水が山脈の頂上を白い装飾品のように飾り立てている場所から引っ張ってきた分を頼りにするしかない。銀色をした細やかなレースが、ずっと上のほう、空との境にあって、そこに並ぶ数々の櫓《やぐら》や、尖塔《せんとう》や、円屋根は、一面レースに覆われているものもあれば、レースを剝《は》ぎとって蒼穹《そうきゅう》にそびえているものもあったが、その場合には襞《ひだ》を寄せたり、折り目をつけたり、フリルに仕立てたりしたレースを身の周りにまといつかせている。

その水はまだ水にならない水、石よりも硬い水、クリスタルガラスに似た水、つまりクリスタルガラスと同じほど透明で砕けやすい水なのだが、熱によって柔らかくなり、元の水に戻り、素直にしなやかになる。これを使おうと人々は思い、その居場所へと登っていった。そして、うちのほうへ来てくれと言って、木製の導管に入らせたが、岩壁のひびに杭を打ちこんで導管を吊らねばならない箇所も多かった。それでもとうとう水を捕らえることができたので、水自身の行こうとするところではなく、自分たちが必要とするところへと連れていき、そのためにきめ細かな水路網を作りあげて、自分たちの農地があるすべての場所に無数の細い流れとなって広がるよう強いたのだが、その形はまるで髪の毛をほどいて、ほぐして、櫛《くし》ですいて広げ、山の肩に流したかのようだった。

こうして彼らは自ら引き起こした恵みのおかげで暮らしていた。しっかりと栄養をあたえられた緑の木々に囲まれ、その樹上にはたくさんの鳥が水流の奏でる音楽に合わせて歌い、美しい緑の草はいつも密生してよく育ち、五月から九月にかけて数回は刈る。彼らは、鉱物と同じ色合いで鉱物と同じく動きのない、この死に絶えた斜面の広がりが、裾《すそ》のほうで生命の喜びにつつまれるようにしおおせたのだ。

＊

ところがだ、なかでも一番低いところに暮らす人々がいて、ほぼ平地に近いところにいるので、そのような富が流れ出る起点からはもっとも遠く離れている。日照りになると、水が届かなくなることがある、道中で飲まれてしまうのだ、猫が水を飲むのに似たチョロチョロとかすかな音を立てて、何千もの口、つまり焼け焦げた土のほうぼうに開いた裂け目によって。今年はもう二か月前から、雨が一滴も降らない。四月も五月も連綿と物悲しい空模様がつづき、のっぺりとした虚ろな青に、ただ灼熱《しゃくねつ》の太陽だけが移動して、その歩みは谷の端から端まで追うことができた。だから、下の村々の者は今年、人間が分け合う水にも、神さまがご機嫌次第で恵んでくださる水にもありつけなかった。

「おれたちが何をした?」と彼らは考えた。「罰か? だが、なんの罰だというのだ」毎晩、期待に応えてくれない山々を見あげながら、そう問うのだが、目の前にある南の山脈も、背後にあるもうひとつの山脈も、皮肉にも氷と雪を燦《きら》めかせて、見る分には上等だが、役に立ってはくれない。

「まあ、来てごらんなさいよ」とプラピオの女房は言った、「うちの菜園へ来て、見てごらん」

家の前に、旦那と、三人の大柄な娘と、老いて体が利かなくなった父親と一緒にいた。

「これがたいしたことじゃないと言えるものかね」

彼らは六人ともそこにいて見あげていた、毎晩、毎朝見あげては、多少の霧でもいいから来てくれないかと目で訴える、というのも霧は時に、滝が南側の斜面に穿《うが》った暗い谷の数々に生まれて立ちのぼることがあり、そうなれば谷底からもくもくと煙のようなものとなってふくらみ、上昇し、しまいには山頂に届いて氷雪の燦めきを消してくれるから――だが、だめだ、ほんの少しの霞《かすみ》もない、ほんの少しの綿雲が空気に弄《もてあそ》ばれ、たちまち白い断片へとほどけて、たんぽぽの綿毛のごとくのんびりと移動するようなこともない。

それはプラピオ家だけのことではなく、村の住人はみな同じように自宅の前にいて、日が昇るほうへ、日が沈むほうへ、見渡せるかぎりあらゆる方角へと顔を向けてはなんらかの徴《しるし》を待ったが、なんの徴も現れはしなかった。晴天の一日が、始まるときと同じように終わるのみで、まず遠くの高みや、自分の周囲一帯で、氷河がきらきらと銀のように輝き出し、初めはばら色なのが、赤になり、埋《うず》み火に似た色へと薄まっていく一方、この辺ではそれが当たり前の細長くて幅の狭い空いっぱいに、星々がひとつ、またひとつ、沼の水面に浮く空気の泡のごとくパチパチとはじけるのが見える。

「さあ、見にいらっしゃい」とプラピオの女房は言葉を継ぐのだった。

日が長くなり、もう九時過ぎまで明るい。「うちがどうなってるか、見てごらん。向こうで灌漑《かんがい》運河の排出量をうまく見積もらなかったんだよ。もう一か月以上も前から、仕方なく水汲《く》み場まで水を取りに行くんだ、把手《とって》のついた荷車にじょうろをふたつ載せて」

プラピオの女房についていけばいい。

「お祈りの行列を出したんだ」と彼女は言う、「でも神さまは聞きいれてくださらなかった。じょうろふたつといったら、十リットルの二倍の水だ、それを幾度も、朝も晩も、四回だか五回だか、五分以上かかる水汲み場まで行き来して。水をやること自体、諦めたほうがましかもしれない、苦労するだけ無駄だもの」

地面は足元で煙を立てている。くるぶしの上まで埃《ほこり》がつく。

傾斜地にあるその菜園は、手塩にかけてきたことが一目でわかるもので、小径《こみち》の左右に規則正しく囲い板を配し、囲いを区切る通り道は土を丁寧に削ぎ、両足で踏みつけて均《なら》し、道がまっすぐになるよう細紐《ほそひも》を張って作ってある。きわめて几帳面な植え方で、こちらにはレタス、そちらは玉葱《たまねぎ》の苗、あちらはいんげん、向こうは植えつけを終えたキャベツ。

「だけどこれを見てくださいよ」とプラピオ夫人、「信じられない」

四角い囲いにかがみこむので、こちらも同じようにする、でないと何も目につかないから。すると、ひびの入ったセメント製の敷石とでもいった面の上に、ぽつりぽつりと、等間隔に置かれたものが目に入るのだが、色ではほとんど見分けがつかない――灰色の上に載った灰色のもの、これらはへたったレタスの葉で、自分と同じほど乾ききった土に埋もれてくっつき、真ん中に緑の羽根めいたものだけがぴんと立って多少の生気を帯びてはいるものの、あまりに小さく頼りないので、これも間もなく消えてしまいそうに思われる。そして、一株一株を取り囲むのは、硬くつるつるの表土で、火に長くかけすぎた陶器同様にひびだらけだ。

「どうです、言ったとおりでしょう」とプラピオ夫人はふたたび話し出す。「もう水をやったって仕方ない、かえってよくないのかもしれない、土を硬くするだけで、水は浸みていかないんだ、撒《ま》いたそばからお日さまが飲んでいくんだから。うちの玉葱を見てごらん、植えて五週も経つのに」

あらためてかがみこむが、指で芽を探さないとわからない。弱々しい棘《とげ》のようなもので、細い先端が傾き、黄色くなっている。「こっちはいんげん」胚芽のようなものが、力なく、開ききらないまま、地面から出てきたコーヒー豆に似た形の種の、ふたつに割れたその割れ目に留まっている。キャベツは傾いた木質《きだち》の茎で、天辺に二、三枚の茶色がかった葉を載せているのが、まるで枯れ木だ。

そこに立つプラピオ夫人は黙って見つめながら、エプロンの紐を指でひねくり回している。手は血の気が失せて、ここにまで埃の色合いが移ってしまい、もはや庭仕事をするひとの瑞々《みずみず》しく緑色に染まった手ではなくなっている、というのもあらゆる水分が消えたいま、レタスの茎から白い液がにじむとともに結球した葉が手のひらいっぱいに収まっていたころとは違い、樹液が葉へのぼってくることはもはやないのだ。

女房がそこにいると、プラピオがやってくる。プラピオはあなたに言う。「菜園は女の仕事だが、果樹園のほうにも来てみてくれ」アンズ、サクランボ、スモモ。花がいっぱい咲き、花は終わった。サクランボの木は灰色になり、木をつつんでいた美しい雪は汚れ、花は実を結んだ、ところができたものはこれだ。一本の枝をこちらへたわめてみせる。あわれな木、死んだ鳥の羽のように葉が乱れて垂れさがっている。そして、ぐったりした葉のあいだから大量の実が見えるが、どれも硬くしなびて、育ちきらないうちに赤くなり、生命力もなく果肉もつかず、種が皺《しわ》だらけの皮に薄く覆われただけの状態になりはてている。

「そう」と男は言う、「このざまだ」若いスモモの幹を一蹴《け》りする。多様なくずが頭に落ちてくるのが、まるで皮膚病のようで、その中に混じる小さな霰《あられ》は、辛うじてくっついていた実なのだ。

「蜘蛛《くも》にとってはいい天気だがな」彼は軽く笑う。果樹園の高いほうの隅に沿って設えられた水路のところへ連れていってくれて、その水路は下部に小さな刻み目がずらりと入っており、なのに水路の両脇に生えた草は真っ黄色になっている。「この二か月、一滴の水もない。人間が運ぶ水はここまで届かないし、もう一方の水にいたっては……」両手を空へあげ、それから力なく落とす。「おれたちのほうはまだなんとか切り抜けられるかもしれないが、家畜のほうをどうするかだ」

家へ戻る。家の前には相変わらず女房と、三人の娘と、歩けなくなった老父がいて、老父は何かぶつぶつ言いながら首を振るが、それは「仕方ないんだよ」という意味だ。

三人娘は玄関の階段に腰かけている、十八歳、十五歳、十二歳の背の高い娘たち、黙ってこちらを見つめる三人の美しい娘たち。背が高く美しい三人の娘たちは、しかしやはり、やや血色が悪く、肌がかさついて、顔が突っ張っている、「蜘蛛の天気」だから。

そうするうちに夜が来る。一番高い山頂に、信号として火を焚《た》いたかのようにいつまでも点っていた残照は消えたが、頭上では、少ししか見えない空に満天の星がひしめいている。その空の川床の中央には砂の中州めいたものが見えるのだが、これは粉末状になった天の川で、まるでこの夜の川までもが干上がりつつある気がしてくる。

それでも彼らは、すなわちそこに立つプラピオ家の面々は、もう一度空を見あげ、その間にこちらは、よい夜をお過ごしくださいと、望みえないのに望みをかけて告げる。老人が自分の首の錆《さ》びついた蝶番《ちょうつがい》を動かそうとひどく骨を折ったすえ、ようやく軋《きし》むような音を立ててうなずいたとき、同時に溜息を洩《も》らしたのがこちらの耳に届く。

＊

こうして、夜のはじまりに、救いがやってくるかもしれない方角へと、男女問わず全員がもう一度顔を向けたのだが、受け取った答えはといえば、真っ白な月が歯のない大きな口を開け、彼らを嘲《あざけ》るかのごとく浮かべる笑みだけだった。そして、新たな日が燦々《さんさん》と昇り、山々の上に二色の扇を大きく広げた。

プラピオ夫人は煙のなかにいた。扉を開けたとき、はじめは台所に誰もいないように見えた。しばらく経ってようやく、うっすらとした影が、片手をバタバタと振ることで、いわばカーテンの襞を分けようとしているのが、モスリンめいたものを二重三重に重ねたような厚みの向こうに見えてくる。コンロの空気の吸いこみが悪いのだ。熱気がこもるせいで、詰まってしまう。煙突に当たる陽光が、気流の発生を妨げる。上へのぼっていくべき煙が降りてしまい、コンロの前方についた扉に開けてある円い穴がこちらへ向かって煙をもくもくと吹きつけるので、煙だらけになって、咳《せき》は出るし、涙も出る。サンザシの薪《まき》から出るこの煙は往々にして、やや酸をふくむから、目には涙が溜まり、鼻水が垂れてくる、となるとひとは洟《はな》をかみ、目が見えなくなり、気も回らなくなってくるため、窓を開けに行くことすら思いつかない。プラピオが入ってきて、言う。

「どこにいるんだ。何をしてる」

「火がつかないんだよ」と女房が言う。

「無理もない」と彼は言う、「もう何ひとつ、うまくいくことなんかないんだ」

そうして彼のほうが窓を開ける、すると空気が入って、風が女のペチコートに対してするように、靄《もや》を下からまくりあげる渦をつくり、その結果、不透明な室内に、洞穴《ほらあな》にも似た空っぽの空間が生じて、ようやく姿を現したプラピオの女房は、口を開け、目を赤くしている。

向かい合う旦那の姿もまた現れた。

「まだこれで打ち止めじゃないぞ」と彼はふたたび話しはじめた。「《ブーケ》を売らないといけない」

「なんだって?」

プラピオ夫人はコンロの扉を大きく開けて、少しずつ台所に満ちてきた外の空気がコンロの奥まで入るようにしたので、赤らんだ開口部に空気が吸いこまれていき、その間に彼女はかがみこんで、中にある木片をひとつ動かす。

だが夫のほうは焦《じ》れて、

「わかったか? 《ブーケ》を売るんだよ」

彼女は立ちあがる。

「まさか!」と言う。

「まさかも何も。コンロがこのざまだ。ということは家畜だって同じ状態なんだ」

プラピオはさらに言う。

「何ひとつうまくいかない。水がない。干し草もないし、干し草を買う金もない、昨今の値段じゃ」

「まあ！」と彼女、「ちょっと、カンディド」

「当然だ、いますぐにだ。納屋に積んである干し草を見てみろ、牧草地を見てみろ。干し草はおれのポケットに入るくらいしかない。牧草は手に収まるくらいだ。掘って様子を見てみたが、一メートル以上も掘らないと湿り気が出てこない。草の根に届く深さまで湿ってくるには二週間分の雨が要るだろう」

「一番いい牛じゃないか！」とプラピオ夫人は言うのだった、「まだずいぶん若い牛だよ。それに、かわいがってきたのに」

「だからだよ」とプラピオは言う。「買い手が楽に見つかる。前から何度も訊《き》かれてるんだ。村に二、三人、欲しいと言ってるのがいる。ロマイエとか、ピトルー。会ってくる」

「よく考えて」とプラピオ夫人。

「よく考えたよ。おれだって寂しいが、こうなったらやるしかないじゃないか。それに時間がない。あと三、四日も経てば、食わせるものがなくなる」

「ああ、畜生」と彼はさらに言い足しながら、陽光が入ってくる窓に向かって拳を突き出し、

「こいつに対して一体、何ができる」

彼は暑気のなかへと出ていった。地面に照りつける日差しが顔を直撃し、日光の眩《まぶ》しさに目がくらむ。年寄りが、玄関の階段の下に杖をついて立っていて、「どこへいく」と尋ねた。プラピオは答えなかった。村の通りをのぼり、ある家へ入る、また別の家へ、さらに別の家へ。要するに、干し草の値段が倍に上がった一方、家畜の値は同じくらい下がったのだ。目の周りを赤く腫《は》らした子どもたちがいた。きつい匂いがした。蠅《はえ》がいた、巨大な虻《あぶ》もいて筒入りの豆を顔に吹きつけるようにぶつかってきた。プラピオは光のなかで黒々としていた。光のなかでぎくしゃくと手足を動かしていた。酒飲みよろしく、一人でしゃべっていた。時々立ち止まっては、あたりを見まわすのが、まるで自分が誰なのかも、どこにいるのかもわからなくなった者のようだった。プラピオは坂を下って自宅へ戻っていく。両手をポケットに入れ、うなだれて、まるで山道で行き会う縁日帰りの男たちのよう、木々に話しかけては、木に向かって「なんだ、おまえか」と言って帽子を脱ぐ、そんな男たちのようだった。プラピオは坂を下って自宅へ戻っていく。年寄りは変わらず階段の手前にいる。年寄りは「帰ってきたのか」と言う。プラピオは通りすぎる、プラピオは階段をのぼる、プラピオは戸を閉める。それから大声が聞こえてくる、プラピオと女房だ。そのあと別の声が聞こえてくる、プラピオと娘たちだ。何かが落ちる。叫び声がする。近所の連中が玄関先へ出てくる。

「だめ、カンディド、それはよして」

「離せ！　いいから離せ」

「抑えてて、ヴィクトリーヌ」

ヴィクトリーヌは長女だ。ヴィクトリーヌが妹を呼ぶのが聞こえる。

「ジョゼフィーヌ、助けにきて」

また何かが落ちる、家のなかで戸がバタンと閉まる。動きが止まる。しんとして、蠅の唸《うな》る音があらためて耳に入る。その間、たくさんの赤や緑の大きなバッタが砂のなかに着地しては、夏の大粒の通り雨さながらに砂埃を巻きあげる。そんな雨くらいしかここには降らない。

＊

「うちのほうもひどいのに、あなたまで行ってしまったら」

そう言うのはヴィクトリーヌ、プラピオ家の長女で、十八歳、目に隈《くま》ができている。

「どうしろと言うんだ。こんな天気じゃ！　もう仕事もない、金もない。向こうの工場なら、日に十五フラン稼げる」

彼は、村の青年。

二人はほかの家々から離れたところにある廃屋まで足を伸ばしていた、かつて火事に遭ってそのまま建て直さなかった家で、屋根のない家だが、四方の壁は支えるべきものを失いながらも立っていて、窓枠のない窓がまるで潰れた目のように、黒い穴を穿っている。

月光が窓から差しこんでいて、その月は前夜と同じ、真っ白い大きな月だ。光はいくつもの窓から柱となって入り、壁の内部の地面を覆う瓦《かわら》のかけらや焼け焦げた石へ、斜め向きに当たっている。

二人は二本の光の柱のあいだに座って、小声で話す。ひとには見えない。聞かれてはいけない。

「決めたの?」

「ほかにどうすればいいっていうんだ」

「わからないけど、でもここにいてよ、わたし怖いから」

「怖い?」

「そう、お父さんのことがあるから。だって、こないだね。牛を売りに行こうとしたの。帰ってきたら、気が違ったみたいになっていて。『あいつは八百フランの価値があるのに、三百と言ってきやがった! だけどな』と大声で、『言いなりになってたまるか、くたばったほうがましだ』って。あなたの家でも聞こえたかもしれないくらい。窓も扉も閉まってたけど、あんまり大声で怒鳴るから、わたしと妹たちは山羊を一匹連れて道を歩いていたんだけど、遠くからでもお父さんの声だとわかった。戻ってきたら、台所で暴れてたわ。ベンチがひっくり返っていて、お母さんがお父さんの両手を握って抑えてた。ひどくもがくのでお母さんはとうとう手を離してしまって。そうしたら、兵役の銃を取りに行って、銃を手に戻ってきたの。毎年、射撃場へ撃ちに行くから弾は持ってるのよ〔スイスでは兵役後に銃および実弾を自宅に保管でき、その場合は定期的に射撃訓練義務が課される〕。わたしと妹たちは止めようとしたの。お父さんは『邪魔するな！　やるべきことはわかってる。餌《えさ》もやれない、売ることもできないなら、あの牛を片づける』そしてさっと家畜小屋へ行こうとした。わたしはお父さんの肩をつかんだ。ジョゼフィーヌは扉の前に立ちはだかった。だけど、女たちだけで、男に対してできることなんて知れてるでしょう。お父さんは我を忘れてた。時々、窓の外へ目をやっては『クソ！』と言うの。それは太陽に向かって、晴天と日照りに向かって言ってるんだけど、その間わたしは肩にすがったまま、引きずられていったわ。ただ、ジョゼフィーヌが鍵を閉めてくれたおかげで時間が稼げたの。わたしは窓を開けられたので、お隣のカロを呼んだ。カロがやってきた。『なんの用だ、カロ。ここはおれの家だ』お父さんはカロに飛びかかって、揉《も》み合いになったのよ、カロはお父さんの銃を取ろうとして、お父さんは取られまいとしたから。ずいぶん時間がかかって、わたしたち四人がかりでやっとお父さんを押さえたの。カロは銃と弾薬を預っていった。いまは母も妹たちもわたしも多少は落ち着いたけど、いつまで続くかしら。それにピエール、せめてあなたがいてくれると思っていたのに。これからいなくなってしまったら」

「戻ってくるよ」

「いつ？」

「戻れるようになったらすぐ。こっちの状況がましになったら」

「そんな」と彼女は言う、「男の子のやることなんて、わかりきってる」

「おれの顔をちゃんと見たことあるのか」

彼はヴィクトリーヌに触れそうなほど顔を寄せるが、この煤《すす》同然の真っ暗闇では、顔がないのも同じことで、顔を消し去るこの闇は、大工が仕上げたばかりの木材同様にくっきりと角が立った月光の柱と隣り合っている分、なおのこと深い。

だがそのとき彼は立ちあがり、体の重みで小石が転がる音がする。彼の姿が見えたかと思うと、また見えなくなる。ふたたび闇夜のなか。けれども光のしずくが地面に落ちている片隅があり、彼はそこへ向かっていく。戻ってくる彼の手のなかに何かが柔らかく点っているのが見える。手のひらにツチボタルを捕まえている。戻ってきて、ヴィクトリーヌのそばに腰かけた。自分の顔に、自分用のほんの少しの月明かりを近づけて、

「さあ、これで見えるか」

たしかに見える、淡く明るんだ小ぶりな褐色の口髭《くちひげ》と、その周りに同色の肌、そばかす、じっと相手を見つめるふたつの目。

「戻ってくるって言ってるんだよ」

「ほんとに？」と彼女は言う。

「おれの顔をよく見ろ」

彼女の手を取る。手に手を取って、一緒に道へ出てくる。

なんの音もしない。普段、夜更けの村にさらさら、ぼそぼそ聞こえるものが、すべて途絶えている。いつもはあれほどおしゃべりな水路すら、黙ってしまった。

大気が重く、嵐の前触れを感じる。

そしていまや、空に見えるすべてのものがこの目に露わになり、山並みの合間に長々と姿を現したから、そこにはあらためて月、真っ白で巨大な月が見え、その周囲には星たちが距離を置いて恭《うやうや》しくひざまずいている。彼は突然、片手をあげる。

「おい、見ろよ、変わるかもしれない。ひょっとするとここを出ないで済むのかな」

ずっと上のほうにある何かを指す。おかしなかたちの黒い雲。口を開いた魚のかたち。月のほうへ進んでいく。そして月は呑《の》みこまれた、月はなくなってしまった。

「な、ひょっとして……もしかすると……」

使いの者

Les Servants

1946

本当にいるとか、いないとか。存在するとか、しないとか。やつらを見たと言い切る者もあれば、そりゃお月さまだと言う者もある。山荘の窓、開いては閉じる鎧戸《よろいど》のあいだから射しこむ、ひとすじの月明かりだと。バタン、バタンと鎧戸の音が耳に届くなか、土を突き固めた床に月の光が当たって散る。光は奇妙な具合に動いて、絶えず場所を変え、絶えずかたちを変え、緑色のときはやけに緑で、青のときはやけに青い。テーブルに飛び乗ったり、すいっと滑って暖炉まで這《は》っていったり、それから、立ちあがって、くるくる回って、ふと消える。いや、また現れた。今度はどこから入ってきた？　ははあ！　鍵穴からだ、あるいは煙突からってこともある。鎧戸は鳴り、藁《わら》の寝床で眠っていた山荘の男どもは目を覚まし、片目を開けて不思議がる。けれどもそのうち何人かは、そいつらを見たと称して譲らない、この目で見たと、月なんかじゃなくて、例の小人たちなんだと、そいつらは顎髭《あごひげ》を生やして糸ガラスの服を着ているが、その服はいわば自在に曲がる水差しみたいなもので、やつらは平気でそれを着て、片脚でぴょんぴょん跳ねてこちらをバカにしたりする。

というのも連中は、悪いやつらではないんだが、いたずらが好きなんだ。家畜に舐《な》めさせる塩に、ふざけて土を放りこむ。台所道具が釘にかけてあるのを、あいつらが来ると釘を引っこ抜くので道具はガラガラッと転げ落ちる。誰も止められない、どこにでも入ってくる。空気中にいて空気よりも軽いから、風まかせに運ばれていくまでだ。風に吹かれて分厚い壁にくっつけば、壁を通り抜ける。いくら扉の鍵を二重に閉めたって、戸口まで来たかと思ったころには、もう中にいる。そんなふうに、なんでも望みどおりにやってのけるとなれば、家畜小屋にも入りこみ、乳牛の腹の下に寝そべって、じかに飲んでしまう。翌日、搾乳してみると、平均で十リットルは出してくれていたのが、五リットルしか搾れない。まったく出ない牝牛もいる。

「これがお月さまの仕業なもんかね！」そう言うのは年寄りたちで、とりわけ強くやつらの存在を信じている。だいたい塩にゴミ屑《くず》を入れるのが、お月さまなわけはない。それに夜中に桶《おけ》が落っこちるのも。「月だよ！」――「月だとさ！」年寄りたちは肩をすくめ、パイプに煙草《たばこ》を詰める。くわえたパイプがパンとはじける、誰かが火薬を入れやがった。「これもやっぱり、月のせいかね？」

ところで、言っておかねばならないが、これら使いの者どもは、悪さをするにはするけれど、役に立ってもくれる。こいつらがよく出入りする家、というのはどこでもというわけにはいかないのだが、そんな家の人々は、連中がいるのを喜ぶ。うちの山荘を住《す》み処《か》に選んでくれた、「いいことだ」と。やつらは家の者を病から守ってくれる、家畜も然り。伝染病が家の周りをうろつけば、こいつらが玄関先で見張って、「入っちゃいかん」と言ってくれる。流行熱、急性喉頭炎、麻疹《はしか》、百日咳《ひゃくにちせき》、それから家畜の場合は口蹄疫《こうていえき》、そんな流行病に巻きこまれず、島みたいに浮いていられる。連中は嵐を遠ざけてくれる、山の激しい雷雨というのは、迫ってきてもこちらは気づかない、それはあまりに空が狭いためで、なにしろ岩壁からそそり立つ尾根の並びが空の四隅に食いこむ。しまいには青色の小さな円い紙きれしか残らない、ジャムの瓶の蓋《ふた》にかぶせてあるあの紙みたいなものだ。

嵐はすぐそこまで来ているのに、こちらは思いも及ばない。見あげれば、天は完璧に澄みわたっている。となれば、遠い雷鳴がたまさか耳に入っても、真に受ける気にはなれなくて、「こんなに晴れてるんだから」とつぶやく。あれはきっと崖の一部が崩れ落ちた音だと自分に言い聞かせる、時々あることだ、視界に入らないどこかの峡谷で、轟音《ごうおん》をあたりいっぱいに響かせて。そのどよめきは、四方を取り巻く峰のひとつをまたいで乗り越え、途中で砕けて、こちらの頭上に降りかかる。もう一度、空を眺める。雲ひとつない。時間が経つ、そう長い時間ではない。するといきなり、日没の方角にある稜線《りょうせん》、ところどころ歯の欠けた下顎のごとく、尖《とが》った切っ先を並べた峰つづきが、さあっと色を変え、上へ上へと伸びる感じになるのが目に入ってぎょっとする、それは稜線に黒い筋のようなものが積み重なって、全体が嵩上《かさあ》げされて見えるからで、黒い山並みは空の真ん中へ向かってみるみる成長していく。闇夜が来た。頭上には煤《すす》の色をした天井、もう光のひとすじたりと通さない、つまり山々が空の真上まで伸びてきて閉じ合わさったわけだ。一瞬のうちに閉じこめられてしまった。息が詰まる。同じ瞬間、ぎざぎざの山並みの一番高い峰にぼんやりした影が立ちあがるのが見える。影が手にもつ鞭《むち》はまさしく炎で、バチンと振りおろせば、鞭の紐《ひも》は背後の空間にすみれ色の打ち傷をつけて大気の渦を引き起こし、同時に鞭の先に叩きつけられた岩塊が、金槌《かなづち》で打たれた鉄床《かなとこ》さながらに鳴り響く。その音を、最初の谺《こだま》が捕らえ、次の谺に投げ返して、音は増幅される。そうやって谺から谺へと音は移り、いつまでも周囲一帯にとどろき、どんどん大きくなって、音どうしでぶつかり合う。そのとき稲妻がもう一撃、闇の頂上から放たれて、こちらの目の前で空気の厚みを貫いていく、へし折った葦《あし》のように鋭く折れ曲がったジグザグ模様を描きながら。空の水門が開く。何もかも滅茶苦茶だ。上から降ってくる水をかぶっているのに、水は地面からものぼってくる。あまりの爆音につつまれて耳は聞くのを拒み、夜が昼に、昼が夜にと次々変わるめまぐるしさに、もう自分がどこにいるのかわからなくなる、自分が存在するのかどうかすらわからなくなる。

＊

その日は、四時ごろに大嵐があって、例のごとく不意打ちだったので、彼らは家畜を小屋に入れるのもやっと間に合う有様だった。

家の主《あるじ》はダヴィッド・シャブロといい、裕福で締まり屋の男。五十頭を養う見事な牧草地と、それに見合うだけの立派な山荘の持ち主で、ちょうど山に着いたばかりだった。

嵐になり、牛は家畜小屋にいて、男たちは雨を避けて大部屋でチーズを作る。雷が鳴り雨が降るにまかせるしかない。ただ、この日は、いつにも増して雷鳴が激しく、間を置かず次から次へと鳴るものだから、しまいにはひと続きのゴロゴロ唸《うな》る音となって、その音が空中で鳴っているのか、あるいは足下深く、山の根っこから響いてくるのかも判断つかない、それほど山々は両手で鷲《わし》づかみにされた具合に、人間も家ももろともにひどく揺さぶられた。踏んでいる床がぐらつく。あちこちで壁のセメントが剥《は》がれる。頭上にある裾《すそ》の広い大煙突のなかを稲妻が白く照らし、すると煙突を真っ黒に覆った煤が、銀のごとくきらきらと輝く。煤の薄いかけらが剥がれて、暖炉の火に落ちていくのは、ふだん自在鉤《じざいかぎ》で吊してある大鍋をあらかじめ除けておいたためだ。煤のかけらが火に落ちるたび火花がぱっとあがるさまは、まるでグラジオラスの大きな花束のようで、花々の天辺は風にちぎられ、煙突の中へくるくる舞いながら消えていく。

シャブロが気を揉《も》んでいるのは見ればわかった。だがチーズを作る手は止めず、両腕を使い、規則正しく、固まりはじめた乳を練りつづけている。

稲妻。あたり一面、真っ白になる。部屋じゅうに詰めこまれた雑多な品々、壁に吊されたのや床に置かれたのをぎりぎり把握できるほど短いあいだ——それから闇。もうそこにあるのは黒々とした夜だけで、人々はふたたび赤い薄明かりに横から照らされ、影法師も戻ってくる。稲妻、あたりは真っ白、そして消える。するとそこへ風がきて、屋根は騎手が鞍《くら》に飛び乗ったときの馬の背骨のように真ん中からたわみ、雨がきて、ポツポツと、それから太鼓なみにバタバタとやりはじめた。そこでまた風が大声で吠え出した。雨や雷の音と入り混じったその雄叫びに、みんな足が地面から浮きあがる感じがした。踏みしめて、目を見合わせる、暗くてほとんど見えない。とはいえ、赤く照らし出されたシャブロの顔は見分けがついて、赤く染まった顎髭に、ものすごい顰《しか》め面《つら》をしていた。何かひと言、口にした。なにを言ったのかはわからなかった。バシッ！　今度は稲妻の光がまだ終わらないうちに落雷がつづいた、瞬く間の一撃、何かが裂けたような凄まじい音がして、それはナラの幹を伐っている最中に上から大木がまるごとこちらへ向かって一気に倒れてくるときを思わせた。

誰かが声をあげた。

「いまのは！」

一瞬の沈黙があった。

「相当近かったはずだ」

ところがそのとき、モティエという名の年寄りが、

「止んだよ」

モティエは顔を上げる。と、不思議だが、たしかに雷鳴はもう遠ざかり、風はかぼそい泣き声を立てているにすぎなかった。とぎれとぎれの俄雨《にわかあめ》がパラパラと屋根を鳴らすのが聞こえたが、それも間もなく済んだ。そして家の男たちが戸口へ出て、見あげると、すっきりした空の、まばらに散った雲と雲のあいだから、きれいな青い絹の天幕が何枚となく現れて、賑やかにはためいているのが目に映った。

止んだ。男たちは見まわしたが、嵐の名残はといえば、岩壁沿いに半円を描く無数の小さな即席の滝だけで、白い綿のようにふんわりしたそれらの滝は、岩のくぼみに生まれてゆらゆらと落ちては、下のほうでほぐれていくのだった。

そこらじゅうにせせらぎの音がした。草の芽が、一本また一本と起きあがり、それぞれが細い先端に一滴ずつ載せたまん丸い水の玉は、戻ってきた日光を受けて燦《きら》めき出した。

＊

残る仕事はチーズ作り、それが終われば寝るまでだった。一同はたちまち寝入ったが、その間、日の出の方角にある山の上には、半月が姿を現し、空の水のなかで半分溶けた氷みたいに見えた。

はじめに目を覚ましたのはシャブロだった。家の者は、みんな揃《そろ》って、大部屋で、壁に固定した木枠に藁を敷きつめた寝床で眠っている。シャブロは、藁布団の上で身じろぎする。物音が聞こえたのだ。なんなのかはわからない。誰かが扉のほうで動いている。誰かが窓から入ってきた。シャブロは見つめるが、何も見えない。毛布を持ちあげて身を起こし、目を凝らしても、青白いほのかな月明かりが、床から三ピエ〔一ピエ=約三十二センチメートル〕の位置で壁面に穿《うが》たれた低い窓からそっと差しこんでいるほかは見えるものなどありはしない、にもかかわらず何かが落っこちる。寝床の下に置いてあったシャブロの靴を、誰かが靴紐を持って引きずる。ネズミか？何も見えないけれど、どこかの片隅でくすっと笑う者がある。つづいてシャブロは何かが両脚を伝っていくのを感じて、手を伸ばし、探ってみるが、今度は屋根のほうで何やら始まっている。誰かが屋根の上にいる。屋根の上に集まっている。小鳥たちが屋根に降りてきて、屋根板の隙間に隠れた虫など探してくちばしでつつきまわるときのような感じだ。それから次は、こちらの体に尻を滑らせて遊んでいるような、さらには屋根の庇《ひさし》に両手をかけてぶらさがっているような感じ。周りの者は高いびき、シャブロはじたばたする。壁に立てかけてあったクリーム分離用の桶がガラガラと転げる。シャブロはもう我慢できず、呼びかける。

「おい、モティエ！」

モティエは三十年以上、ここに仕えている。相談しがいのある男だ。

「おい！　モティエよ」

モティエは起きあがる。

「こっちへ来てくれ！」

シャブロは小声で切り出す。

「一体全体、なんの騒ぎだ？　嵐よりもたちが悪いぞ」

「何って、よくご存じでしょう、あいつらですよ」

「あいつら？」

「ここに寄ってくれたんです、旦那は運に恵まれましたな」

シャブロは腹を立てる。

「知るか！　悪魔だ、魔物の臭いがプンプンする」

それから、なおもこう言った。

「こいつらを脅かさなくちゃいかん、大きな音を出すんだ。落ち着いて眠らせてもらわんと困る」

モティエはどうにか止めようとしたが、シャブロは寝床を飛び出す。鞭を引っつかむ、よくしなる捩《ねじ》れた木でできた持ち手に、革の紐、その先には麻の細紐がついた大層な鞭だ。そして気でも違ったように、鞭をバチンバチンと鳴らすと、部屋のほうぼうへ進み寄り、隅々まで駆けまわる、そのあいだじゅう例の鞭が銃声まがいの音を立てる。

藁布団に寝ていたほかの者も目を覚まし、何事かと寝床から身を乗り出す。

だが、どうやら部屋はもう空っぽになったらしい。一目散に逃げたと見え、さわさわした衣擦れと、こっそり駆けていく足音があった。モティエは首を横に振り、シャブロは寝直しに行った。

そのあとは夜明けまで何も起こらなかった。

＊

連中は、家のそばに生えたモミの大木の中にいた。モミの枝間はおしゃべりで大賑わい、まるで平野を舞う椋鳥《むくどり》の群が木の梢に降りたったときのようだった。曰く、

「あいつは悪いやつだな」

「本当に悪いやつだ」

「なら、懲《こ》らしめないと」

「あそこの牛乳を飲んじまおう」

「いや！」とひと声、「それじゃ軽すぎる、罰にならない」

「じゃあ、何をしてやろうか？」

「こうしたらいい」と誰かが言う、「あいつの孫娘をさらってやろう」

みんな喝采《かっさい》した。相変わらず月が出ていた。月明かりのおかげで、暗い葉叢《はむら》の合間にほんのりと緑色、薄緑に色づいたやつらの姿が見える、というか見えるような気がする。連中は枝の端っこに腰をおろしてゆらゆらと揺れ（でも風のせいなのかもしれない）、たしかにそこにいて、雀《すずめ》のさえずりに似た小さな声で話し合っていた（とはいえ夜中だ、小鳥たちは眠っている）。

「よしきた」

「ただし」と声がつけ加える、「誰にも気づかれないよう、そうっとやるのが肝心だ。おまえは鍵穴から入れ、くれぐれも鍵を落とさないようにな。残りの一同は窓から入ろう、窓ガラスに気をつけるんだぞ！」

みんな賛成した。

＊

日中、シャブロのところへ孫娘が遊びにきた、五歳か六歳の女の子で、シャブロの秘蔵っ子、山荘に数日泊まることになっていた。子どもがこちらへやってくるのが見えてきたのは二時ごろで、騾馬《らば》にまたがり、風呂敷包みを鞍に提げていたが、はるか彼方に孫の姿を認めるが早いか、シャブロは出迎えに行き、それからぎゅっと抱きしめると、両のほっぺにこれでもかとキスをして、子どもに会えた年寄りは笑い、年寄りに会えた子どもは笑った。

シャブロは自分の寝床の近くに、もうひとつ寝床を用意させておいた。地べたに新鮮な藁束をたっぷり敷いて、おろしたての毛布を敷き布団用に一枚、掛け布団用にもう一枚。枕カバーには細かな干し草を詰めこんだ。シャブロは寝床のかたわらに立って、子どもに言う。

「ぐっすりおねんねできそうかね?」

「できるよ!」と子どもは言う。

シャブロは子どもを寝かせ、自分も寝る。みんな寝につく。合わせて七人だった。物音ひとつない。今夜も淡い月明かり。シャブロはやはり気がかりで、眠ったかと思う間もなく目を覚ました。耳を澄ます。何も聞こえない。聞こえるのは、渓流の水が鱗《うろこ》のついた腹で川底の小石をかすめていく、くぐもった音だけ。何もかも静かだった。シャブロはふたたび寝入る。まる一晩が過ぎて朝になってからのこと、シャブロは言った。

「まさか！」

子どもの寝床のそばに立ちつくす、その寝床はたしかにあったが、中に子どもはいなかった。

シャブロは呼びかける。

「見にきてくれ」

みんな見にくる。

そして、一人また一人、全員が神業を目の当たりにした、というのも寝床にまったく乱れがないのに、中身は空っぽで、藁布団は体のかたちにくぼんだまま、くぼみだけがあるのだった。

シャブロは気がふれたように部屋をぐるぐる歩きまわっていた。こう口にしていた、

「なんということだ！　孫は一体どこにいる？　一刻も早く探しにいかんと」

人々は探しに出たが、見つかるまでにはずいぶん時間がかかった。

牧草地の上にある岩場で孫娘を見つけたのはモティエだった、牛はここまで登らないが、モティエは山羊たちを連れて登ったのだ。山羊たちは、石の隙間に生えた草をあちらこちらと食《は》んでは、髭を振り振り、首にさげた鈴をチリンチリンと鳴らして進んでいった。モティエは立ち止まると、自分もまた、

「なんと！」

とは言ったものの、たいして驚きはしなかった。子どもはそこに、渓流のほとりに横たわっていたが、渓流といっても川の始まりのほうなので、まだ石ころの間でほつれていく細い紐も同然だ。ふかふかの寝床をもうひとつ作ってもらったとでもいうように苔《こけ》のなかに寝そべって、子どもはモティエを見あげ、ばら色に染まった顔でにっこりする。そこでモティエは、

「どこから出てきなすった？」

言うと同時に、大きな岩によじ登ると、そこから両腕を大きく振って合図しながら、牧草地の低いところへ一面に散らばった、麦粒ほども小さく見える仲間たちを大声で呼んだ。こちらを見た者もあれば、返事をした者もあり、シャブロともどもみんなこちらへ向かってきて、一方のモティエは、子どもを抱いて、大股にみんなのほうへ降りていった。

「ああ！　やれやれ」とシャブロは言う、「本当におれの孫なんだな？　どこで見つけた？」

「上のほう、渓流のそばです」

「どうやってあんなところまで行ったんだ？」

「まあ、そこは」とモティエは妙な顔つきをして言った、「よくわからないんですがね」

シャブロは険しい表情で、子どもを覗《のぞ》きこむ。

「何をしたんだ？」

「何もしてないよ」

「なぜ逃げ出した?」

「逃げてなんかないよ」

思わぬ質問にびっくりした様子だった。

「それならどういうわけであんな上のほうにいたんだ?」

「窓を通っていったの。それからお空を飛んだの」

「疲れたんじゃないかね?」

「ううん、ちっとも。乗っけてってくれたもん」

「腹が減ったんじゃないかね?」

「ううん、ちっとも。あのひとたちが気持ちいいお布団を敷いてくれて、ごはんもくれたの」

「誰だねそれは?」

「知らない」

「それで何を食べたんだ?」

「ブルーベリー」

こちらを向いて笑う子どもの口は、言われてみれば真っ黒で、顔もべたべたに汚れていた。

子どもは山荘に連れ戻された。シャブロは孫につきっきりとなった。風邪を引いたんじゃないかと心配した。

「いや、そこまで悪いやつらじゃありません」白い山羊髭をたくわえ、両耳に金の耳輪を通した年寄りのモティエは言うのだった。「なんてことはない、ただ、よろしいですか、旦那はやつらを怒らせたんです。だからいたずらされたわけで」

「誰のことだ?」

「あいつらですよ」

シャブロは肩をすくめる。そこでモティエは、

「だけどもあいつらは旦那によくしてくれたんですよ。ほら例の、雷です。先だって家のすぐ近くに落ちたでしょう。わたしらの真上に落ちたっておかしくはなかった。そうなれば、この家はひとたまりもありません。だが、連中がいてくれた、稲妻の矛先をよけてくれるのはやつらなんです」

「くだらんことを」とシャブロは言う。

「本当ですよ、あいつらは旦那の役に立ってくれた。それを旦那は、そう、恩に着るどころか騒ぎ立てた、連中はうるさいのが苦手です。だから逃げていった。ああ!」とモティエは言う、「あいつらには優しくしてやらなくちゃいけません。今夜こそは、歓迎してやらないと。そうですとも、でないと……」

「でないと?」

「ますます面倒なことになります」

しかしシャブロは言った。

「まあ見てろ」

そして孫を呼んできて、手を取った。子どもと一緒に散歩をした。

さて、その晩、シャブロは言い出す。

「今夜ばかりは、ごたごたはご免こうむりたいもんだ。用心してかからないとな」

男どもに言う。

「防風ランプを二台持ってこい。灯油を充分入れて、一晩じゅう消えないようにするんだ。二台とも点せ」

「おっと、それはまた！」とモティエは言う。「あんまり有難くないことが起きるかもしれませんよ」

けれどもシャブロは聞かなかった。夜が来ると、あかあかと点ったランプの一台を、窓に面したテーブルに置いた。もう一台は玄関扉の前に吊りさげた。「こうしておけば」とシャブロは言った、「入ってくるのが誰なのかってことくらいはわかるだろう、それが人間なのかどうかもな」

それから鞭を取ってきて、自分の体にぴったり寄せて藁布団の上に置いたが、その前にまず子どもを連れてきて隣に寝かせた、自分の寝床に。木枠は狭いので、二人では窮屈《きゅうくつ》だった。

だが、こうしておけば、あいつらがまたぞろ入ってきたとしても、いまに見ろだ。

シャブロは床につき、一同もそうする。夜の十時だった。それぞれ自分の懐中時計を手の届くところに打った釘へ引っかける。ランプがあるので、時刻を確かめられるほど明るかった。火屋《ほや》も外されていないのに、片方のランプが消える、誰かが火屋の真上にかがみこんで吹き消したらしい。もう片方のランプも消える。

真っ暗だ。ささっと滑る感じのものが部屋を横切り、土を固めた床の上で枯れ葉が風に吹き払われるような音がした、と同時に、シャブロの掛け布団がばさっと引き剝がされた。

シャブロは、跳ね起き、わっと叫ぶ。そして言う、

「誰だ?」

半身を起こして、悪態をつく。子どもをしっかり抱きしめる。ところが、そのとき、寝床の下がメキメキ鳴る。見れば、壁板へ二本の柱を斜に打ちこんで固定した寝台が、横へ揺れ、壁にぶつかってひしゃげ、シャブロは子どもを抱いたまま床に投げ出されると、それきり寝転がっていたので、気絶したかと周りは思った。

近寄ってみる。見たところ怪我ひとつなかった。子どももやはり無傷だった。みんなが輪になってシャブロを囲むなか、女の子は、怒りに怒って地団駄を踏むおじいちゃんを見て笑って

いた。

モティエは、またもや、黙って首を横に振った。

＊

あくる朝、シャブロは騾馬に荷鞍をつけるようモティエに命じた。

それから言った。

「ここを出ていく」

モティエが訊《き》いた。

「嬢ちゃんは？」

「あの子も連れて降りる。モティエ、おれの代わりをやれ」

男たちに告げた。

「モティエがおれの代わりを務める」

騾馬に乗った。自分の前、両膝《りょうひざ》のあいだに、子どもを座らせた。

男たちは出立《しゅったつ》を見送った。たがいに言い合った、

「戻ってくるかな？」

モティエが言うには、

「しばらくは戻らんな」

みんなはシャブロの後ろ姿と、騾馬が丸い尻をバサッ、バサッと尻尾ではたいて蝿《はえ》を追うのとを眺めていた。牧草地の彼方で、うんと小さくなったシャブロと騾馬を。

するとそのときモティエが言った、

「ともかく、これからおれたちは、例の連中と仲直りしなくちゃならん、うまい具合にやっていく気があるならな」

ほかのみんなは笑った。

「どうすればいい?」

「あいつらに桶一杯の生クリームを作ってやろう。あいつらのために、苺《いちご》を摘んでこよう」

居酒屋の老人たち

Vieux dans une salle à boire

1946

まずはじめに、彼らが吐き出す煙を取り払わないことには、姿が見えない。見えるのはせいぜい、白いシャツの袖《そで》につつまれた腕が一本あがるところや、黒いフェルト帽をかぶった誰かが首を振るところ。誰がいるのかはわからない、待つしかない。たとえば、待つうちに誰かが戸を開けて、空気が流れるはずだ。誰かが戸を開ける、空気が流れこむ、扉からこちらにかけて、空気が突如として廊下のようなものをうがち、爽《さわ》やかないい匂いをさせてその中を進んでくる。そして渦を巻きながら到着し、居並ぶ肩や頭の上に漂っていた青く濃いヴェールをひと息に剝《は》ぐ。

すると彼らがそこにいるのが見える、六人か七人、長いテーブルの両側に並ぶベンチに陣取っている。何をしているか、どんな風体なのか、どんなふうに座っているのかも見えるし、顔立ちも目に入る。この瞬間だけ全員が新品同様に洗われて、まるで描き直した絵画だ。

ジョリは年寄りで肘《ひじ》をついており、より若く見えるモナションは赤ら顔で太めで地元の村長、ジャケは背が高くて痩《や》せ型、ペロションは髭面《ひげづら》、ほかにガイユーとデュフェもいる。七人か八人、二列のベンチに詰めて腰かけており、あいだに細長いテーブルがある。

ベンチは油で焦げ茶に塗ってあり、テーブルも同様、要するにクルミやナラを真似ている（つまり硬い木材を）。けれども、たびたび拭《ふ》いたりこすったりするものだから、ところどころに本来の素材が現れて、ペンキの剝がれた部分に白っぽい筋をつけているのはモミ材だと見てとれる。男たちはベンチに座って身を乗り出し、食卓に肘をついて、頭を触れあわんばかりにしている、あるいはさかんに身動きする者や、両手をポケットに入れている者もいる。そして、二列の男たちのあいだには、透明ガラス製の広口瓶が並んでいるのが見え、瓶には曇りガラスで連邦十字が埋めこまれ、かつ酒をどこまで入れれば然るべき分量になるかを示す水平の線が刻まれている。

きちんとした土地で、男たちもきちんとしている。揃《そろ》って黒か茶色の晴れ着姿で、白シャツは大半が折襟《おりえり》、そこへ黒い絹のネクタイを通す。ジャケットを着たままの者が数人、暑いので脱いだ者も数人。いずれにせよ全員いる、日曜ごとに集合するのだ、常連だし、旧知の仲だから。全員いて、目の前には瓶に入った淡い黄色の白ワイン、つまり灰色ワイン《ヴァン・グリ》〔赤ぶどうから作る白ワイン。絞ったあと、皮を浸けこまない〕——三デシ、二デシ、半リットル——一人分の注文か、数人分合わせての注文かで大きさは変わってくる。広口瓶や、脚が高くて幅の狭い流行《はや》りの形のグラスを前に、四つの脚でどっしり座るテーブルに向かい合って、男たちもまたどっしりとベンチに腰を据え、それぞれのごつい靴もまたしっかりと、節があちこち瘤《こぶ》になったモミの床板に置かれている。

吸うのはパイプか葉巻、葉巻は地物で両端が同じ太さの円筒形、黒くて、よじれていて、節があり、灰色や青の煙をもくもくと立てるが、その点はパイプも同じこと、だから全体として見ると彼らのいる場所からは絶え間なく厚い雲が、秋の藪《やぶ》火事のごとくのぼっていて、匂いのきついその雲のなかへ、ふたたび彼らは消えていく。

とはいえまだ完全には消えきらない。だから彼らの大方がすでに相当歳を取っているのが目に映る、同年代で、髪や顎髭《あごひげ》は年月にしたがって色あせ、あるいは口髭が灰色になり、さらに同じ年月が道具をたずさえてきて、額に水平な線を何本か、五線譜のように刻んだり、口の左右に二本の濃い影をたたえた畝《うね》を、傷跡よろしく描いたりする。全員がすでに歳のいった、経験と重みをもつ面々、その彼らが見つめ合う、黙って見つめ合う。それから一人がグラスをあげて、別のグラスに向けて差し出し、羊の鈴のような小さな明るい音を立てる。

「健康と無事を祈って」

「健康と無事を祈って」

そして二人目が言葉を継ぐ、

「これは?」

「リュアン」

「前にここで出してたフェシーほどうまくないな」

「仕方ないだろう。今年は……」

雨が多すぎた。そう、こういうことにおれたちは左右される、ぶどう畑を持つ者も、耕して麦を収穫する者も。おれたちには太陽が必要で、ちょっとでもお日さまの顔色が悪くなれば、誰もが苦しむ。

「雨が多すぎた」

相手は首を振る、こん畜生！　わかってるさ。できるだけのワインを作ったんだ。グラスを掲げて、飲む。二人とも飲む。

また姿が見えなくなった。扉がふたたび閉まったのだ。一同はあらためて煙を身にまとう。煙のなかでぼんやりと動き、曖昧《あいまい》なしぐさをする。そして声が煙のなかから出てくるので、個々の声音《こわね》を知らないかぎり、誰が話しているのかわからない——高い声かどうか、大きいかどうか、よく届くかどうか、威厳があるかどうか。たとえば、いまはジョリ、少しかすれた声だからわかる。

「おれは、誰がなんと言おうと、どこか暦が崩れてきてると考えずにいられない。季節がちゃんとめぐってこない。世の中が崩れてきたのもそのせいだ」

「世の中？」

「だってよ、ガイユー、おまえは息子がいるだろう、二人もいる。おまえは二人のことをどう思ってる」

「まああうまくやってるんじゃないか」

「いや、そうだが、ほら、習慣だの、着てる服だの。煙草《たばこ》は何を吸ってる?」

「紙巻きだな」

「だろう。おれはパイプで、おまえは葉巻だ。紙巻きは高くついて、長く保《も》たない上に神経をつかう。パイプは詰めて口の端に突っこめば、あとは何も考えなくていい。しかも煙草の葉は、ひと包み四十サンチームだ。今日びの若いのは一フラン以上も払って、十倍も速く燃えるあの紙のやつを一箱買う。最近の若いのは仕事しながら吸うだろう。いつでも手に何か持ってる。どうも気に入らない。おまえはどうだ」

ガイユーは肩をすくめた。

「それにあいつらのシャツ」とジョリはつづける、「青だの、緑だの、黄だの赤だの。綿といっても偽物の綿だ。絹みたいに見えても、偽物の絹だ。おまけに半袖。おれのころは、袖を短くしたけりゃ、まくったもんだ。ところがあいつらは、喫茶店の女の子みたいに腕を剝《む》き出しにして。おれのころは、一生もつ麻のシャツを着たもんだ。ガイユーよ、覚えてるだろ、はじめは粗くて固くて、赤茶けた色で。それが何度も洗ううちに、しまいには白く柔らかくなる、またそれだけじゃなくて丈夫なんだ。二週ごとに商店へ通う必要なんかなかった。あいつらは二週ごとに、おれのところへきて言うんだ、『親父、二十フランくれ』『なぜだ』『着るもんがなくなった』そうだろ？　なあ、ガイユー」

「たしかにそうだな」とガイユーは答える。「さて、もしおまえに娘があったら、どう言うかな。おれは知ってる、三人いるから。三人とも髪を切ったんだ。おれは反対した。ところが、どうしてもと言う。『うなじにお団子なんかつけてたら、みんなにバカにされる』と。女房まで加勢した。どうしようもない。見事な髪の毛で、伸ばすのに時間がかかったのに。跡形もなし。というより、あとに残ったのはカールやらウェーブやらで、これに金がかかる。ひっきりなしに床屋へ行くんだ」

「ひとこと言いたくはなるね」

と、村長のモナション、この男はいつも慎重だ。

「娘たちはいつも自転車に乗っている。娘なら昔は家にいたもんだ。最近は街道を駆けまわって」

「男のほうはどうだ！」とジョリ。「うちの倅《せがれ》はオートバイがほしいだと」

「機械か！」とガイユーが言う。

「うん、だが聞け、おれは言ってやった、『おれより速く墓場に着きたいのか』とな。おれは墓場へは歩いて行かせてもらう」

「機械は見張れないからな」とガイユーがつづけて言う。「大体、機械がこなす仕事ときたら！」

「ひとこと言いたくはなるね」

「おれたちは、昔は」とジョリ……「草刈りへ行くときのことを覚えてるか。朝の四時だった。鳥がくちばしをいっぱいに開ける時刻だ、草がびしょ濡れで、水のなかを歩いてるみたいでよ。各自が鎌を持っていた、それで足りた。肩に鎌をかついで尻に研ぎ石、それだけだ。あとは腰をかがめればいい、かがんでこんなふうに鎌を後ろから前へ振ればいい。柄の先で草を感じた、どっちかというと硬かったり、どっちかというと柔らかかったり、それで下のほうの土から出てる部分は白くて、上のほうはふさふさで真緑で、横へ倒れていて。だから、場合によって打ち方を強めたり、和らげたりする、だってそういうことは頭に入ってるし、頭のほうは常に手のほうで何が起きてるかを知らされて、教わってるから。柄に沿って伝わってきて、それからこっちの腕に沿って伝わってきて、脳まで届くわけだ。動きを変えていけばいい。というより勝手に変わっていくんだな。あいつらは、鉄でできたコチコチに硬い赤い機械に乗りこむ。肘掛け椅子《いす》に座る具合に鉄の座席に腰をおろす。ただ連れていかれるだけ。何も感じやしない。あいつらと、あいつらがやってることのあいだには、何かあいつらと関係ないものが挟まってるんだ。これは重大なことだよ。そりゃ速く済むには違いない。だが、みんなが同時に速くなるなら、速いことになんの意味がある？　まあ苦労は避けられるさ。ただ、苦労と一緒に手に入る、苦労なしだと手に入らない報せ《しら》もあるんじゃないかね。おれはわからないし、うまく言えないが、そこのところで結局は割に合うのかもしれないじゃないか」

「それなら、進歩は？」

誰かが入ってきたのだ。誰だかは見えない。だが、声音からして、若者らしい。

「進歩だと」とジョリは言う、「いや、まさにそこだ、得るものより失うもののほうが大きくはないのか、という問題なんだ。若い衆は得るもののほうしか見えない。おれは、失うものが見える。そしておれには、最終的に失うものはなんなのかがよく見える、それはひとが万物から切り離されるってことだ。いまだって、もうみんな天地のことを知らなくなってる、代わりに機械が知ってるわけだ。おれはわからない、うまく言えない、だがこれは重大なことだ。おれにわかってるのは、これが大きな変化のはじまりだってことだ。だって、こっちが苦労してきたのは、物事から抵抗されるせいだが、そのおかげで物事について詳しく報せてもらっていたんだから」

「ひとこと言いたくはなるね」とまたもやモナション。「ただ、どうしようもないじゃないか。あんたには何も変えられない」

「ちょっと、みなさん」と若者がまた口を出す、「昔は刈り入れにどれだけ時間がかかったんです？」

「三週間」

「刈取結束機《バインダー》を使えば、いまは三日でできますよ」

「それでおまえは」とジョリは言う、「そうやって稼いだ時間で何をするんだ？　自転車で走りまわるのか、女の子を追いかけるのか、紙巻き煙草を吸うのか。なんの意味がある？」

痩せこけてナイフの刃みたいな鼻をしたジャケが、

「だが問題はやっぱり金だろう。収支がましになるなら……」

「金だけじゃないよ」とジョリは言う。

煙のなかでがやがやと話す。

「だって、金は持ってると、もっとほしくなるだろう。金ってのは機械と同じようなもんだ、人間を捕まえたら離さない。おれはわからない。うまく言えない。だが、肝心なのは、縛られないことだ。肝心なのは、足るを知ること」

「それとまあ時には一杯、だろう？」とジャケが言う。

ジャケは笑う。手をこすりながら一人で長々と笑いつづけた。だがジョリは、

「別にいけないわけじゃないだろうが」

「そりゃそうだ」とジャケは言った、「ただ、今日びの若者は昔の若者ほど飲まない、その点

は認めるしかないぞ。これだって肝心なことだ。どうだ、ジョリ？」

ジョリは首を振る。自宅の前にあるぶどう棚のことを思う。棚の下には緑に塗ったベンチと、テーブルがある。そして、一週間よく働いたあとに、硫酸銅液の点々とついた葉と、まだ時代物のカービン銃の鉄砲玉なみに粒の硬いぶどうの下へ来て腰をおろすと、気持ちがいい。とある日曜、刈り取りが終わったあと。何はともあれ一本か二本、瓶を出して、仲間たちと一緒にきて腰をおろす。別にいけなくはないじゃないか？　昔は飲むことにそうガミガミ言わなかった。それに、息子たちは家にいた。娘たちは家事をしていた。

「ひとこと言いたくはなるね」と、モナションがまたも言う。

香具師《やし》一家の休息

Halte des forains

1946

河沿いの松林は皆伐《かいばつ》〔対象区域の樹木をすべて伐採すること〕されていた。河は灰色がかった色合いをして、すぐそこを流れているのだが、両岸の堤防が高くつくってあるので、堤防の先端まで行かないと河面を見ることはできない上、この河の立てる音といえば、さらさらと絹地を手でなでるときと同じ軽く絶え間ない音だけ、それほどこの河は前へ前へと向かい、ためらう様子を微塵《みじん》も見せず滑らかに素早く海へと走り、山までも残らず連れていこうとしていた。

　幹はすべて地面から一ピエの高さで伐られているので、いわば食事にちょうどいいテーブルや、座るのにちょうどいい椅子《いす》がほうぼうに散らばっているようなものだった。空き地の中央に小さな焚《た》き火が燃えていた。火の上には三本脚の鍋が置いてあった。そして、切り株に腰かけた一人の女がおり、他方、少し離れた位置に一頭の老いた馬が、痩《や》せて、腹が出て、元は白馬だったものの、いまは緑色の膿《うみ》を腹と腿《もも》沿いに垂らして一本の木につながれ、針葉を敷きつめた絨毯《じゅうたん》のところどころから顔を出す若芽を食《は》んでいた。絨毯は一面、赤茶色で、滑らかで、弾力があってふかふかだったが、それでもあちこちで苔《こけ》の群が繁茂に成功したり、シナガワハギ、サボンソウといった黄色やピンク色の花が二つ三つ咲きおおせて風に揺れたりしていた。

馬は首を伸ばして食み、長い黄色の歯を覗《のぞ》かせていて、鼻面は乾いたよだれの泡にぐるりと縁取られ、泡には咀嚼《そしゃく》した残り滓《かす》が貼りついていた。女のほうは時折鍋の下に、手元にある枯れ木の束から一片を取って差しこむ。誰もいない。あたりは赤茶で、暖かい。暑いけれど、暑い大気の一部分に涼気が流れこんでいて、そのせいで女の黒い後れ毛がカラスの羽のごとく顔の周りでひらひら飛びまわった。時々、鍋のふたを開ける。じゃがいもとにんじんの匂いがする。溜息をついては、かがみこみ、片肘《かたひじ》を膝《ひざ》に載せて、上へ向けた手のひらに顎《あご》が収まるようにした。またもや溜息をつき、首を振った。

膝上まで素肌をさらした脚は肉づきがよく、美しく、張りがあり、熟した小麦の色で、泥はねが乾いてくっついていた。裾《すそ》がほつれた黒いスカート、破れた半袖《はんそで》の白いブラウス。ここで、こうしてスープを煮ている。溜息をつく。「あの男に何を言われるだろう」と思った。耳を澄まし、時々首をあげるのは、誰かを待っているらしい。その誰かがやってきた。遠くから来るのが聞こえた、といっても縄編みの靴底だから足音は立てないのだが、ただ枯れ木をパキンと踏んだり、枝をよけたりする音がする——そして実際、姿が現れた、向こうの幹のあいだから近づいてくる、しなやかな大股の足取りで、灰色の布でできた幅広の外套《がいとう》らしきものの上半身を奇妙な形にふくらませて。

男は近寄るが、何も言わず、女も動かないままだった。男は鍋のふたを開け、肩をすくめる。

あげた肩を落として、

「これだけか？　ほかに何もないのか」

河辺にある、この空き地でのことだ。ここから三千メートル上、あまりに上空はるかなので目が届くのもやっとの位置に、こちらへ向かって張り出した具合に山の突端が見える。山裾のほうは河の対岸に茂った木々に隠れているのだが、その上からにゅっと、木々を乗り越え、木々を従えて、尖《とが》った塔か、針か、歯のようなものが、雪をかぶってそこに覗いている。そこにいるのだが、こちらは知らず、たまたま顔を仰向けないかぎりわからない。しかし目に映ればすぐに視線をそむけてしまうほど、強烈な輝き方で炎を放っている――自らの礎《いしずえ》に当たる大きな青い峡谷の群れをも支配するかたちで――峡谷のつくる暗闇の頭上にあって、皓々《こうこう》と光っている。

そのとき、男は言った。

「見ろよ」

外套のボタンを素早く外して前身頃《まえみごろ》を開くと、派手なまだら模様のものを引き出して宙に掲げる。大ぶりな堂々たる雄鶏が、首の周りに銅に似た色の羽をびっしりつけて、ぶらさがっている、というのも両足を握られているからで、首まわりの下には光沢のある緑の羽と、大きな赤いとさかが見える。

「夕食にこれを煮ろ。ただ」と男は言う、「急いで隠せ」

「どこに」

「知るか。おまえなら見つけるだろ。だが早くしろよ。警察が追ってきてる、田園監視人ってやつだ。やつらが来たら、どこもかしこも引っかき回すからな」

「貸しな」と女は言う。

男は鶏を差し出す。女は馬車に布を取りに行き、鶏をくるんだ。重しに大きな石をつけてから、紐《ひも》をつかむと、

「来てみな」

ほんの数歩、歩くだけだ。河がそこにある、堤防に挟まれて眼下に流れている。女は包みを河へ投げた、あとは手にしていたほうの紐の先を柳の幹に結びつければ、完了だ。

「よほどずる賢くなけりゃ」と女は言う、「ここまで探しには来ないね」

水は完全に透明だったが、同時に、砂が水中に浮遊しているせいで完全に濁っていた。水が山に嫉妬《しっと》しているものだから、こうやってどんどん砂を削り取り、海へ運んでしまうのだ。けれども、この水は汲《く》めばすぐに分離する。砂は底へ沈み、上にはまったく混じり気のない、完璧に澄んだ水しか残らない。

「いい按配《あんばい》だ」と男は言う。

立ちあがって、河岸にいる、すっくと立っている。水は悠々と流れ、男はじっとしている。口のなかに左手の指を一本と右手の指を一本入れ、横へぐいと引いて唇を突っ張らせると、長く鋭い口笛を発し、その音は遠く林のなかへと伝わっていく。きっと聞こえるだろう。

「さあ、邪魔される前にスープを食おう」

鍋のそばへ戻ってきて腰かけた。妻もついてきた。彼女は途中で馬車から鍛鉄《たんてつ》の皿四枚とスプーン四本を取ってきた。夫の隣に座った。時折、彼は妻に黙るよう合図し、聞き耳を立てたが、誰もこなかった。

代わりにそのとき、子どもたちが姿を現した、口笛に従ったのだ。八歳の女の子と十歳の男の子。男の子は裸足《はだし》に破れた古い半ズボン、女の子はボロボロのスカートで、二人とも手と顔が真っ黒なのは、ブルーベリーのせいだ。

母親は皿を一枚ずつ順繰りに鍋のなかへ沈め、全員が食べはじめた。しばらくは皿に当たるスプーンの音しか聞こえなかったが、スープというものは、すぐに食べ終わる。それぞれ手で口元を一拭《ふ》きする。父親が立ちあがって言う。

「今晩はもっといいものがある」

「なに?」と子どもたちは言った。

「いまにわかる」と父親が言う、「おれは行かないと」

馬車のほうへ向かった、なぜならそこには馬車もあったから。四輪馬車の、幌《ほろ》がアーチの上からぴんと張られてトンネル状になっているところへ、男はかがんで入っていき、出てきたときには背中にテーブル一台と肘掛け椅子一脚を背負っている。それがこれらの香具師《やし》の仕事なのだ。ハシバミや柳の細枝で各種の家具をこしらえ、板のへりにぐるりと花づな飾りをつけ、板の表面には壁紙の切れ端を貼る。男が担いでいる肘掛け椅子は緑色に睡蓮《すいれん》の柄を散らした座面、テーブルの天板はピンクに白の花柄だった。

男は言った。

「じゃ、行ってくる」

遠のいていった。子どもたちはラズベリーを摘んでいた。

女は片手に持った鏡を覗きこみながら、歯の欠けた古い櫛《くし》で髪を梳《と》かしていた。すると空からは、まるで山が時々動くかのように、こちらに向けて上から下へと反射光の一団が送られてきて、そのたびにうつむかずにはいられない。暑さが増してきた。地面は赤く、松の幹が高くあがった炎の一群のごとくこちらを取り巻いて、目の前で身をくねらせ、その上では絡み合った枝が、黒く濃い煙にも似て、一陣の風にふわりと持ちあがったかと思えば、またゆっくりと降りていく。松脂《まつやに》の匂いが鼻をくすぐる。

女は砂で皿を洗いに行った。戻ってきて、元の位置に腰かけた。鼻は細く、目は切れ長で、肌は濃い褐色、そこへレーヌ・クロード種のプラムのように淡く赤みが差している。一人の夫がいて、二人の子どもがいて、脚は素肌のまま。あくびをする、退屈している。

足音が聞こえた。林の向こう側を通る街道のほうから近づいてくる。女は気づかないふりをして、振り向かずに、滑りのいい眼窩《がんか》のなかの目だけを顔の脇へすっと動かした。

歩いてきたのは、もう年老いた小柄な男で、短い顎髭《あごひげ》に灰色の上っ張り、黒いフェルト帽。

男は言った。

「どうも。そこで何をしてるんですか」

女は顔をあげないまま、

「見ればわかるでしょう」

男は言った。

「それじゃ済まないんですよ。身分証は？　田園監視人です」

すると女はちょっと体をずらして、スカートの切れこみに手を入れたが、この切れこみは、腰に巻いてある布袋につけた別の切れこみへと通じている。その袋から端の擦りきれた冊子を出すと、言った。

「どうぞ」

「モゼール」と監視人は読みあげた。「モゼール、エクトール、これは誰ですか」

「夫です」

「モゼール、オルガ、二十四歳。これがあなたですか」

「わたしです」

「モゼール、アロイスと、モゼール、ジョルジェットは」

「うちの子です」

「どこにいるんですか」

「林に」

「よし」と監視人、「では次に、営業許可証」

女のほうは、また同じしぐさに取りかかる。だらしなく、のっそりと、軽く身を反らしてポケットに手を突っこみ、別の冊子を出す。不備はない。監視人はむっとして、

「今回はよろしいでしょう。ただし気をつけるように。旦那さんはどこですか」

「行商です」

「注意してくださいよ。旦那さんには目をつけてます。ろくでもない男だ。次はこう簡単に事が運ぶとはかぎりませんよ。窃盗の通報が届いてます。犯人は旦那さんだと。監視人からということで、そう本人に伝えてください」

女は言った。

「伝えます」

そこで監視人は帽子へ手をやった。監視人は立ち去った。

女は、両肘を膝につき、顎を両手につつんで、ぼんやりと前方を眺める。いまいる高めの場所からだと、堤防の切り欠きの向こうに、河の水の表面だけがぎりぎり目に入る。水の描く直線が、薄い灰色で示されていて、ぴんと張った縄のようだ。時折、ところどころで不意に水が持ちあがり、また平らになる。血管を流れる血液のように、弱く脈打っている。そして水を運ぶ力によって河がどんどん前へ引っ張られていく一方、聞こえてくる音は、耳元を過ぎる蝿《はえ》の羽音と、林の奥にいるカケスのわめき声だけ。氷河から下ってきて、その出所ゆえに不動であることを運命づけられた水を、女は眺める。見ていると眠くなる。すでに目を閉じていた。

目を開けた。夫が戻ってきたのだ。

「やつはなんて言った?」

「身分証を見せろって、それだけ。で、あんたは」と女は言う、「何も売れなかったの?」

「いや」と男。「売ろうともしなかったんだ。監視人のあとをつけていった。どこへ行くのか確かめたくて……。この先は落ち着いて進められる。やつは上のほうへ登っていったから……。

鶏を取ってこい」と男はつづけた。

だが、始める前に、男は指笛を吹く。子どもたちが現れる。

「馬を連れていけ」と男の子に言う。「あっちのほうから行くんだ。街道の道端で見張ってろ。怪しいやつが来たら戻ってこい」

そして女の子には、

「おまえはこっちのほう、やることは兄貴と一緒だ。馬はその間、土手の草を食わせておけばいい。文句を言ってくるやつはいないはずだ。土手はおれたちのものだ。みんなのものなんだからな」

妻と二人で河辺へ行った。河の水は相変わらず、同じようにそこにある。水深はわからない。わずかにふくらんだ水面すれすれの薄い層だけが目に入るが、その水はつねに新しく、つねに同じ、つまり何ひとつ変わらない。

紐を引っ張るまでのこと、先っぽにつけた雄鶏が出てきた。男と女は、河岸に腰を落ち着ける。時間はある。巨大な山が二人を見ている。女は素肌の膝のあいだに鶏の首をぎゅっと挟む。大きな羽根に小さな羽根、翼の羽根、首の羽根と、苦心して透明な管を毛穴から引き出しつつ、抜いていく。夫は様子を見ている。砂に掘っておいた穴へ、羽根が落ちるごとに、落ちた羽根を詰めていく。曙《あけぼの》の色の羽根、朝日みたいな羽根、火事みたいな羽根、それから今度は暗い色の羽根が来る、夜の色をしたものや、いま頭上の峡谷に積もりつつある夕闇の色に似たもの、つまり青い光沢のある緑の羽根、緑の光沢のある青い羽根、これらが足元に雑然と積み重なる。

雄鶏はすっかり小さくなった。男は重みを量る。

「ほう」と言う、「まあ、充分なんじゃないか。触ってみろ、脂はのってないが、肉づきはいい。こっちへよこせ、中身を出すから」

ポケットから飛び出しナイフを取り出した。皮が突っ張るよう、脚と翼を広げた状態で押さえておけばいい。男は頭部から尾にかけて切れ目を入れる。汚いが、早く済む。

「犬がいなくて残念だが」と男は言う。「おかげで狐が得するな」

機嫌がいい。妻もだ。羽根は消えた、土に埋めた。

さて、立ちあがる前に、妻は夫を眺める。次いで、視線は上へとのぼっていく。仰向いて、さらに仰向く、夫が隣に立っている。彼は待っている。彼女は笑い出す。

「どうした」

「あんた、背丈は高くないね」

はるか上のほうを顎で示すと、

「比べると背丈は高くないね。と言ったって」と女は言う、「あたしだって同じなのはわかってるけど、ただ、自分じゃ自分は見えないからさ」

「行くぞ」と男は言う。「鍋に水を入れろ」

鶏の首を手に巻きつけて持っているのが、脂じみた縄のようにまとわりつく。

「行くか」と女は言う。

それでも、もう一度、上を見あげる。なぜなら、何かが起きているから。こちらへ張り出した切っ先の頂点で、動いているものがある。頂は雪に覆われている。天使の翼とでもいったところだ。それがゆったりと羽ばたいている。反射の具合によって、翼の位置が変わる。色も少しずつ変わっていく。真ん中は黄土色で、両端は赤っぽい。翼のそれぞれの色合いは、雪原によってほんの少しずつ違う。天使の翼のようでもあるが、真っ白な白鳥が怒りに体を膨張させてこちらへ進んでくるときのようでもある。

そして、黒々とした影と、闇をはらんだ割れ目とを集めて立てた台座の上に置かれているあれらの雪は、結局、もはや台座に属していないように見えてくる。台座から身を離して、空気なみに軽くなり、雲のごとく、ふわふわと空を漂いはじめた。

「なにをぐずぐずしてる？　来いよ」

助けを求めて

Appel au secours

1946

彼には十六歳の恋人がいて、名をリュシエンヌといった。まだ一度も手を触れたことはなかった。でも、明日は村の舞踏会が開かれることになっていて、楽隊も野外舞踏場もそろう。そこで彼は「あの娘《こ》に何を持っていってあげたらいいだろう?」と考えた。そして思いついたのが、エーデルワイスを一束摘んできてあげること、きっとびっくりするだろう、あのふわふわの花はそうきれいでもないけれど、難しい場所に生えていて、しっかりしていないと行きつけない。「あげるよ」と言ったら、あの娘はじんとくるだろう、危ない目に遭ったんだ、しかも自分のためにそうしてくれたんだと思って。エーデルワイスの小さな花束をブラウスに差すだろう。初めて彼女と踊る自分の姿を思い描き、そのとき相手の体のふくらんだところの、白い薄手リネンの上に、小さな灰色のものがついているのを想像した。

うれしくて、胸が踊る。時間は念入りに計算しておいた。山荘まで二時間、岩場に一時間半。そこで、母親に昼食を少し早めてくれるよう頼み、口実として、菜園のいんげんの支柱にするハシバミの若枝を取りに行かなくてはいけないから、と伝えた。もちろん自分自身は、いんげんは後回しでいいと思っていた。大事なのは計画を知られないようにすること。自由の身になるんだ、胸が踊る。

母親は彼に言った。

「あまり長くならないように。帰りはいつになるかね。待ってるから」

「でも」とエルネストは言う、「つっかい棒は切るのに時間がかかるんだよ。だけど心配しないで。ナイフも持ったし」

言いながらポケットから出して、備え充分なところをよく見せる。二枚刃のナイフの鋸刃《のこば》のほうを、角《つの》製の柄から引き出したあと、カチッと閉じる。

「どうだろう、四時か五時かな」

「ともかく」と母親は言う、「なるべく早く。家でもやることはあるんだから」

土曜で、夏で、暑い。青い布ズボンに鉄底の靴、シャツの上にはチョッキを着けて、ジャケットはなし。道はじきに森へ入っていく。道は手入れが行き届いて、かなり幅広い、というのも家畜の群れはここを通って山の牧草地へ行くし、騾馬《らば》に引かせて運搬用に使う二輪の橇《そり》もここを通るから。足元の村が少しずつ下へ降りていくのが、まるで集落の土台をなす谷間が重みで沈んでいくかに見え、村はどんどん小さくなる。道が曲がる。村はもう見えない、次いでまた見えてくる。そしていまや、村は緑の野原の真ん中にぽつんとある曖昧《あいまい》な円い染みでしかなく、灰色一色で、乾いた牛糞《ぎゅうふん》みたいだ。その間、ブナやトネリコやハンノキは数が減って、消えていく。モミの領域に着いたのだ。そこでエルネストは、先にやることをやっておこうと、ハシバミの長い小枝を何本か切り、帰りがけに拾うつもりで道端に隠しておいた、あとでこう言えばいいのだ。

「はい、これだけ、あまり見つからなかった。場所がよくなかったんだ」

自由の身だから、一人きりで温めているいろいろな計画のことを考えずにはいられなくて、その中心に輝くリュシエンヌのおかげで、足腰も呼吸も軽い。十八歳、胸ははずむ、ただし群れを連れて登ってくる山荘の者に見られないよう気をつける必要があって、実際、群れの立てる鈴の音が聞こえはじめ、それは間を置いて短く一音ずつ、灰色の髭《ひげ》を垂らしたモミの木の幹の合間からこちらへ届き、と同時に山上の牧草地を燦々《さんさん》と満たす光も少し差しこんで、まるで光り輝く人間たちがこちらへ向かってくるかのように見える。遠回りせざるをえないが、エルネストはそれぞれの場所が頭に入っており、草地の表面に散らばった岩塊もわかるので、一つひとつ伝っていけば、見られずに通るのは訳もない。さらに先へ行けばふたつの尖峰《せんぽう》、すなわちビーズの峰とクレの峰があり、それらの峰についても、彼は知り抜いている。

突然、下生えが途切れる。同じ瞬間に、傾斜がなくなる。陽光のせいで思わず目をしばたたく。次いで、前方二百メートル先、岩棚の上に背の低い大きな板葺《ぶ》きの建物が二棟目に入るが、いずれも扉はひとつきり、窓は小さくて数少なく、手前には沼が燦《きら》めいている。そして斜面がふたたびはじまるあたりに、赤茶に白、あるいは黒っぽいものが点々と、移動しながら岩壁の裾《すそ》に土手をなしている。列が平行に、上へ上へと積みあがっているのは、ひづめが草地の土を踏みつづけたすえに穿《うが》った細い道に沿っているからで、この道がなければ牛たちは立っていられないのだが、その場所からは、太陽と夏そのものの響きとも思われる美しい音楽が聞こえてきて、鈴は一斉に鳴り、間隔をあけて鳴り、銅のものは澄んだ音、鋼《はがね》のものは濁った音がする。

ミュドリ家のエルネスト、十八歳。見つからずに済むにはどちらへ進めばいいかということ、そしてこの険しく荒涼とした山道へと引っ張っていくリュシエンヌのことしか頭にない。「左だ」と考える。「左だ」、左へ曲がる、半ば夜だった場所から出てきて、明るい日光にくまなく照らされている。最初の岩の後ろへ忍び入り、そこから次の岩へ、さらに次へと、牧草地の片側を伝う一方、群れは反対側のほうで草を食《は》んでいる。ミュドリは登る、顔をあげる、するとふたつの大きな峰が、自分の進んでいく側の正面にあった。峰はいずれも緑と灰色からなるが、それはつまり、きらきら光る岩と艶《つや》のない芝の色のことで、岩棚に載った緑の帯が、段状の断崖で区切られているのだ。高くなればなるほど岩は裸になり、山頂にいたって青につつまれるが、ふたつの峰はそっくりで、まるで初めはくっついていたのを後から手でぐっと引き離したとでもいった恰好《かっこう》。したがってふたつの峰のあいだは、牧草地までつづく巨大な断層になっていて、その暗闇に満ちた裂け目には雨後ともなれば小さな滝がたくさんぶらさがり、ふもと近くには大きな滝がひとつ、半円形にほとばしって、下をくぐることもでき、そこから立ちのぼる水煙は、太陽がふたたび顔を出すと虹色に彩られる。とはいえ、今日はどこも乾ききっている。ここから登っていかなくてはいけない。見られただろうか。そうは思えない。振り返ってみる。人影はどこにもなく、右手には牛の群れ、それと草のなかの岩塊が、まるでふと動きを止めた別の牛の群れのように散らばっているだけ。振り返る、すべてよし。傾斜のきつい煙突《チムニー》状の割れ目に体を入れ、足と手を使って登っていく。雨水が、繰り返し落ちることで壁のところどころに足場のようなものをこしらえている。これが一種の階段となり、また右も左も岩壁の切り立った角に手を引っかけられるので、どんどん高みへ達する。いったん止まって息を整える。そしてまた登り出すが、そのときもう一度上へ目を向けると、片方の峰の頂上が、三角に尖《とが》った剝《む》き出しの姿で、青い背景に浮かびあがる。通り抜けようとした白い小さな雲が引っかかっている。まるで牢屋《ろうや》に四人がいないことを告げるときに掲げる白旗だ。その雲は風にゆらめき、次いで後ろ側の端だけ引き留められて、細長くなり、薄くなり、透明になり、その間に旗竿《はたざお》から離れ、不意に無数の細かなかけらとなって、蝶《ちょう》が飛び交うように散っていく。天気は晴れ、すべてよし。山荘はもはや地上に置かれた屋根でしかなく、牛たちはせいぜいてんとう虫ほどの大きさをした、もはや動いていることさえわからない曖昧な色つきの粒にすぎず、鈴の調べはといえば、ハーモニカをでたらめに口元に滑らせたときにプレートが震えて鳴らす微かな音と変わらない。

残ったものは混じりけのない空気と、混じりけのない水だけで、水は自ら穿ったくぼみにまだ溜まっている箇所がたまにあるので、その水を飲んでから足をかけて、体を持ちあげる。そうしてとうとうふたつの峰が分かれるところまでやってきた。

ここで左へ行かなくてはいけない。ここからが難所だ。ミュドリは突如として虚空に宙吊り、片足は小さな芝のかたまりに引っかけ、もう片足は支えのない状態で、灰色に緑を散らしたこの広い垂直の岩壁にいる、そしてこの壁を横切ってエーデルワイスがあると聞いた場所へ行かねばならない、というのもこの花はまさにこうしたひと握りの芝の上に生えるのだ。だから彼としては、芝のかたまりを次々に伝っていかねばならないのだが、ひどく間隔が離れていることが多いので、両脚を目いっぱい開いて、先へ進む足をかけてから、反対の足を足場から離すことになる。そのように空中高く運ばれる彼の足の下は、たったの五百メートル、このあとすぐにもっと深くなるはずだ、というのもミュドリは峰の裏面に到達したから。牧草地も山荘も消えて、眼下に見えてきたのは青く染まった村、青い空気の厚みの向こうにある小さな小さな村で、その先には広大な土地が開けて、遠くには雪山、氷河。彼は一人ぼっちで、助けてくれる者もなく、足元の薄いひと握りの芝と、右手につかんだ別のひと握りの芝とだけに支えられて、だが「あの娘のためだ」と思い、すでに報われた気になって、なんとしても進んでいく。

小さな白い染みがこちらにひとつ、その先にもうひとつ、綿《わた》でできた星に黄色い芯《しん》をつけたかのごとき姿で深淵に向かって垂れ、揺れていて、摘むのは危険だし力も使うが、それでも、もう三つ摘んだ。そしてほら、四つ目だ。まだこの倍は要る。しかし岩壁は気づかぬうちにますます急峻《きゅうしゅん》で滑らかになっていた。花束をポケットに押しこむ。そのときだった。つまり、片手を伸ばし、左足の芝のかたまりに体重をかけながら前へ身を傾けたとき、その芝が剝《は》がれて、足も道連れになったのだ。

とっさに身をよじって全身で岩に貼りついた。運よく靴底が、芝の跡にあった頑丈な岩の出っ張りに行き当たり、そこで体勢を整えたが、糸を鋏《はさみ》でぷつんと切ったように息が止まり、耳のなかで滝の音が轟々《ごうごう》と鳴っている。

このとき、彼は思いきって周囲を見まわしてみた。通ってきた道筋を目でたどり、先のほうへ目を向ける。もはや前には進めないことがわかると同時に、後戻りもできないことを認めた。どこを向いても誰もいない、どこを向いても音がしない。身動きするうちに一片の石が崩れて落ちていったが、やはり伴うのはしんとした静けさで、石は弧を描いて跳ねると、音ひとつなく深淵に消えていった。

いたるところ、孤独と、忘れられた思い。なぜならこのときも、ミュドリは自分の七百メートル下に村を見分けることができたからで、空気の厚みが青い水に似ているために、水底にあるように見える。村はほんの小さな円い染みで、鈍く光っているのは家々の屋根板のせい、教会の鐘楼《しょうろう》も見えるし時計まで見えるが、もはやいかなる時刻も示していない、二度と示すことはない。彼は何もない空間と、そのなかで傾いていく太陽を目に留めた、太陽はまだ照ってはいるけれど、夜へ向かう下り坂の途上だから、下のほうから差していて、我関せずといった様子。深閑として、もはや時間は存在しない。そして太陽は少しずつ身を揺すって降りていくが、こちらのことなど気づいてくれるわけがない。延々と伸びる谷、その中央を堤に挟まれてアシナシトカゲのようにくねくねと走る川だって同じ。ああ、なんてことだ！　一人きりで切り離されている、生まれる瞬間に一人きりであるように、死ぬ瞬間に一人きりであるように。動きを止めたまま、役立たずの両手をあらためて見つめ、用をなさない両足を見つめ、するとようやく言葉が体内で目覚めて、墓にいた死者が立ちあがるように、言葉が立ちあがる。

ミュドリはいまや叫ぶ、ミュドリは助けを呼ぶ。両の足と両の手で力のかぎり岩にしがみつきながら、呼ぶ、さらに呼ぶ、だが答えはない。というのも、音がミュドリのいる岩塊をまわりこむよう強いるのは無理な話だからで、彼がいるのは山荘と反対の側なのだ。呼びかけるが、どうすればその声が村まで届くようにできるというのか。声が重い石を伝って降りていくよう仕向けるにはどうすればいいというのだろう、声は羽根のように軽いのに？　彼は呼ぶ。頭上をカラスたちが飛ぶ。翼の内側が見える。

＊

他方、六時が近づいて、母親は心配になってきた。「まだ帰ってこないなんて、いったい何をしてるんだろう。とうに戻っていていいはずなのに」近所の女に声をかけ、その女は別の女に声をかけて、家の前に女たちの一団ができた。口々に言うには、「見にいったほうがいい、もしものことがあるから」それぞれ男の子たちを呼びに行った。男の子たちは初めは肩をすくめたものの、それでも結局は五、六人で、ランタンと綱一本を持って登ることに決めた。

森のなかで一人の老婆がブルーベリーを摘んでいた。「誰か見かけなかった?」「見たよ」と老婆、「男の子が一人。知ってる子だろうけど、でもずいぶん前だったよ」「どっちへ向かった?」彼女は山荘へとつづく道を指したので、男の子たちは先へ進むことにした。山荘では、誰も見ていないと言われた。けれども、山荘から出てきたとき、白髪に顎髭《あごひげ》を生やした一人の老人が合図してきた。「何か動くものが見えた気がしたんだよ」と上の割れ目に向かって腕をあげた。「目が悪いから、人間かどうか自信はないが、見間違いじゃないはずだ」夜が近づき、山陰が頭上に広がり、ふたを閉じるかのように上から降りてきた。

「行くか?」目を見合わせる。「そうだな」と一人が言う、「最初のところはなんとかなる、でもそのあとが……」彼らは狩人が使うのと似た銅の吹き口つきの角笛を持っている。吹いてみたが、返ってくるのは谺《こだま》だけ、谺は階段状の岩壁によって増幅され、大きくなり、また岩の襞《ひだ》に入りこんでは間を置いてふたたび抜け出し、こちらへ飛びついてきて、そのときには同じ音とは思えないほど様変わりしている。角笛を一音吹くたびに、四つか五つの偽の角笛の音が戻ってくる、だが、それだけ。ミュドリは呼んでいるが、彼らには聞こえない、自分たちの立てる音しか聞こえていない。彼らは割れ目の上の、穴をくりぬいたような場所にたどり着いた。ここからは道が悪い。しばらく全員で腰をおろし、膝《ひざ》を立てて両腕で脚を抱く恰好でいた。六人の仲間たち。ランタンが照らすのは小さな円だけで、そのなかでは岩の出っ張りが草や小石の上に影を落としている。角笛を吹く。さらに角笛を吹く。耳を澄ます、やはり何も聞こえない。もう一度角笛を吹くが、音はしない。そのとき、

「おい」と男の子たちの一人が言った。

そこで不意に彼らは口を閉じ、それから自分たちのなかへ降りていって、体内の音も鎮めようとする、呼吸音も、動悸《どうき》も、腸の消化する音も。

「聞けよ、聞け」

ずっと向こう、闇夜の奥。なんだ？　風か？　だが空気はまったく動いていない。彼らは角笛を吹く。

「聞けよ」

今度こそ、たしかだ。信じないわけにはいかない。声だ、男の声だ、誰の声か聞き分けられた気さえする、長い距離のせいですっかり擦り切れ、くたびれ、色落ちしてはいるけれど。

そこで一晩中、間隔を置いて、彼らは角笛を吹く。一晩中、声は応えた。

ミュドリは眠っていた。もう眠ってはいない。朦朧《もうろう》として、もはや眠っているのか起きているのかわからなかった。辛く、寒かった。もう何も感じなかった。そのあと強い痛みが両足からのぼってきて頭頂にいたったが、その間もできるだけぴったりと岩にくっつくこと、両手両足の位置を安定させることだけを考えた。上には星がやってきて、ゆっくりと明かりが点いた、彼の頭上でひとつずつ点いていった、まるで街灯の点灯係が先端に炎の燃える棒を手に、街路を端から端まで、ひとつの通りから別の通りへと走りまわるときのように。体がもはや、ただのひとかたまりになって、冷たさがのぼってきた、雪に埋もれていくかのように。腕も脚も関節が利かない。どの継ぎ目もあまりに錆《さ》びついて、今後ふたたび使い物になることがあろうとはとても思えなかった。こうなると、時折、疲労の激しさに、虚空に吸いこまれてしまいたい、そうすれば少なくとも休息を得られるだろうという気持ちが訪れた。手を半ば開いて、落ちることを想像した。空気が口に入る、空気が耳を満たす、深淵が唸《うな》りをあげて近づいてくる。落ちると同時に、はっと身を起こし岩にしっかりと貼りつく……。

角笛。

彼のほうも、信じられなかった。力いっぱい叫んだ。角笛。叫ぶ、角笛、叫ぶ、叫びつづけたのはひとえに音が近づいてくるのかどうか聞き取りたかったからだ。近づいてはこなかった、相変わらず弱々しく忠実だが、くぐもっていた。ミュドリはとうとう、彼らが夜中に岩壁へ乗り出すことまではさすがにできないのだと理解した。夜明けを待つしかない。夜明けまで待てるだろうか？　そこで、ひと晩中、彼がうとうとすると、角笛。ひと晩中、彼の元へ届く角笛のひと吹きが、希望を呼び戻した。力の残っていないところへ、力を補ってくれた。角笛、また角笛とつづき、とうとう日が昇ってきたとき、陽光は初め、正面に見える山々の上部に、四角く削ったばかりのモミの梁《はり》に似た白っぽい漠とした棒が水平に置かれているようにしか見えなかった。次いで大工たちが現れ、梁の上に暁の家を建てて、ピンクの、赤の、黄色の漆喰《しっくい》で仕上げると、そのあとようやく太陽が、強く、熱く、こちらへ差してきた。

呼び声が聞こえた。

「どこにいる」

「ここだ」

声は上から聞こえてきた。ミュドリには何も見えなかった。「どうした？　口が聞けないのか」と言ってきた。そこへ綱が降りてきて彼の横の岩を打ち、さらに両脇に綱が結ばれるのを感じ、引きあげられた。それから深い闇が彼の上に落ちてきて、そこから抜け出たのは長い時間が経ったあと、気づくと仰向けに寝ていて、いくつもの顔がこちらを見おろし、いくつもの目が見つめている。「なんともない、冷えただけだ」と人々は言う。頬《ほお》をこすり、酒を飲ませる。「ほら、もうよくなってきただろう」

そのときやっと意識がはっきり戻ってきた。半身を起こして、ポケットを手で探ると、指先が何か埃《ほこり》っぽい、毛羽だったものに触れたので、それを日光のもとへ引き出す。それから、腕を大きく振ると、岩場のふちの向こうへ、虚空へと、花束の残骸を投げるが、それは灰色で、汚くて、煙草《たばこ》の屑《くず》が混じっている。

野生の娘

La Fille sauvage

1946

彼は女を抱きかかえていた。街道は森を抜けていく。午前十時ごろのはずだった。彼女が逃げ出して間もなく嵐になったので、ブナとモミが混ざり合った木々の梢にはまだ激しい雨が叩きつけ、そのなかを彼は大股で歩きながら、両腕でしっかりと女を抱いていた。重い。「五十キロか五十五キロはあるな、でもおれは平気だ」と思った。誇らしかった。そこでさらに歩幅を広げ、長身の体を立て直した。鳥は鳴きつづけ、頭上をせわしく飛びまわっていた。鳥の羽根は滑らかで、雨はしみこまずに表面を伝う。だから雨が降っても平気なのだ。雨粒は光る玉となって鳥たちのかわいらしい防水服の上を真珠のごとく転がり、したがって彼らはどんな天候でも、仕事にいそしんだり、モミの頂に止まって曇り空に向かって歌ったりするし、赤に焦げ茶に白のキツツキの場合は幹を素早く登り、小型の金槌《かなづち》で叩く具合に樹皮をつつく。

彼は足首の上まで泥に踏みこんだり、時には苔《こけ》を踏んだ拍子に地下にある水を泡状に噴き出させたりして、滑っては平衡《へいこう》を取り戻した——その間、折に触れて、肩の近くで彼女の顔が自分の腕のくぼみに収まっているのを見ては、「眠ってるのかな」と考えた、というのも彼女は目を閉じていたから。

眺めるほどに感嘆するのが、濃く長いまつげの美しさで、上向きのカーブを描いたその下に、ぴんと張ったまぶたが少してらてらして見えた。もうひとつ目に留まるのは、褐色の頬《ほお》のあいだを通る鼻すじのまっすぐで細い線の清らかさ。首は少し前へ傾いていた。顔の端に長い黒髪がひとふさ耳にかかっているのが目に入り、カラスの翼を連想させた。素足に履いた藁底《エスパド》の布靴《リーユ》は泥がこびりつき、ふくらはぎにも乾いた泥がくっついて、湿気をたっぷり吸ったスカートが腿《もも》や腹に貼りついている、そんな姿で彼女はこちらの目に全身をさらしつつ、しかしぐったりと動かずにいて、他方の彼は「捕まえるのが間に合ってよかった」と思った、いまや雨量が倍になってきたので。

しかも、ここでは二種類の雨が降っていた、ひとつは空から降る細かくて隙間のない雨、そしてもうひとつは、いったん枝に留まったあと、時々吹きつける強風に飛ばされてバケツをひっくり返すようにバシャッと落ちてくる雨。なぜなら森は、たとえきわめて密生した森であっても、はじめはかなり長いあいだ抵抗して水を通さずにいるが、それを過ぎると雨に加勢して、空から降る雨に、自分が葉叢《はむら》に溜めておいた雨を足すのだ。

下草の生えた地面がずるずるになってきたため、彼は街道へ出たのだった。まず片方のへりが泥だらけになった溝を飛び越さなければならなかったが、すぐにその障害は克服し、一瞬にして反対側のへりにしっかり立っていた。

女は相変わらず腕のなかで、美しいまま、衝撃が加わったのに邪魔された様子もなく、相変わらず目を閉じていた。「こんなことはありえない」と彼は思った、「芝居を打ってるんだ、でも肝心なのは手に入れたこと、こうして抱いていること、逃げられはしないこと、うちへ連れていくことだ。第一、おれの気分次第でもう少し強く抱きしめることだってできる、そうすれば彼女の心臓がおれの心臓とくっついて打っているのが感じられるだろう」

いまは街道を進んでいた。森の街道だから、アスファルト舗装もされておらず、実のところ街道と呼べるかどうかも怪しいくらいの、森の出口へ向かう単なる道で、二列の深い轍《わだち》には水がいっぱい溜まって、線路のように光ったり、場所によっては道幅全体にわたる沼になったりしているので、そうなると時間をかけて迂回《うかい》するか、あるいは意を決して膝下《ひざした》まで水に浸かるかのどちらかになる。でも、いまさら少し余計に濡れるか濡れないかを気にしてどうする？まっすぐ突き進んでいくその道は、空に掘った堀のようで、堀のなかを見れば、空にごく細かなちぎれ雲の群れがどんどん空を走っていくのが見え、雲の背景は滑らかで不動、そこから雨が絶えず斜め向きに降ってきて、雨がこちらのいる地点から降り出す起点にかけてハープの弦みたいにぴんと張られているのも見える。

その間、道の両脇にはぎっしりと分厚い闇が充満し、そこにイチリンソウの濃い絨毯《じゅうたん》があることは、うっすらと察せられるにすぎず、その絨毯は初めはきれいな白い雪そのものだったのに、雨で踏みにじられ、四方八方に振りまわされて、もはや地面に散らばった黒っぽい色の葉でしかなく、スポンジ同然に穴だらけになっていた。

ペレはいっとき、立ち止まった。すると、胸に宿っていた深い沈黙の奥から、あらゆる種類の音が生き返り、近く、遠く、頭上からも足元からも聞こえてきた。枝から落ちる無数の水滴、キツツキの立てるトントンという音、葉叢に吹く風のざわめき、鳥のさえずり、モリバトが喉を鳴らす音、木々のなかで互いを追いかけるカケスの耳に障るがなり声。

森全体が彼の周りで声をあげる一方、彼自身も自分の気持ちを声にしようと、「リュシエンヌ、ああ、リュシエンヌ！」と言いながら、曲げた腕のなかに埋まった頭を軽く動かした。そのとき、彼女が目を半ば開き、ボタン穴のような細い隙間が上下のまぶたのあいだに現れて、そこから素早い眼差しが、ナイフの刃の閃《ひらめ》きのごとくきらりと光った。ふたたび閉じた。彼は言った、「リュシエンヌ、大丈夫？　リュシエンヌ、なんとか言えよ！　痛いとか、寒いとか、疲れたとか。ほら、おれはここにいる、おまえをかかえてる、うちまでかかえていくから」彼女はなんとも答えず、まぶたはあらためてきつく閉じられたので、彼はそこに立ち尽くし、やってこない何かを待ちながら、周囲を満たす森の深い呼吸、そしてここにいる鳥たちがこぞって示してくれる友情に耳を澄ましていた。小さい鳥もいれば、大きい鳥もいた、というのはカラスたちもまた、道路が空から切り抜いた空っぽの空間を、まるで火事のあとに燃えさしが大気の動きに命ぜられるままあちこち引きまわされるようにして駆けていたのだ。いい匂いがする。「リュシエンヌ！」キノコと、湿った樹皮と、潰れた草のいい匂い。やさしい匂い、酸っぱくて甘い匂い。口先にその味が迫ってきたし、すでに温《ぬる》んできた風がさまざまな滋味を乗せて遠くから吹き寄せていた。「リュシエンヌ！」彼は話しかける、「答えろよ、意地悪だな。おい、どうして出ていったんだ？　そんなことしても意味がないってわかっただろ。どっちにしろおれは見つけるんだ。全部話してくれよ、いい子だから」叱《しか》ったり、甘い言葉で頼みこんだりを代わる代わる繰り返す。「雨が止むかもしれない、ちょっと歩いてくれないか、もうすぐ家だから」それでも彼女が黙っているので、彼は揺さぶった。今度は口のほうが薄く開いて、きらりと光ったのは歯並びだった。「よし、どうやら目を覚ましてくれるみたいだな、やっと決心したか……」だが、彼が顔をそらしたとき、彼女のほうは顔をあげ、彼は耳を嚙《か》まれたのを感じた。「くそっ、離せ、離さないと首を絞めるぞ」半分笑い、半分怒って、しかし心の底では幸せがあふれる。「離せ！」ところが、彼女はすでに地面に飛び降り、彼の前に出て道を走り出したので、彼のほうも走り、二人とも泥はねで肩まで汚れた。「この場所わかるだろ、左に曲がるんだ」実際、いくらか先で道の片側に一本の小径《こみち》が、ふたつの大きなサンザシの茂みのあいだから伸びていて、サンザシはびしょ濡れだが彼女は飛びこみ、彼もあとにつづく。

この小径を降りていけばソルニュ川で、川辺に自宅がある。

よほど近づかないと家が目に入らないのは、屋根が低い上に、高い土手の下に横たわっているせいで、二人は土手の上に到着したが、苔むした屋根はほとんど見えない。彼はもはや口を閉ざし、彼女が相変わらず前を歩く一方、彼のほうは足元で崩れるきつい坂を降りるため、つかまれる枝か根を手で探りあてることに必死になる。そして彼はふたたび見惚《みほ》れた、というのも、時折バカにするようにこちらを振り返りつつ、より自由だからか、身軽だからか、彼女は両腕を広げて、エスパドリーユを履いた足で滑っていき、彼をずいぶんと引き離していったからだ。

彼女がようやく止まったところには小さな丸太橋が、唐突に現れた地溝の上にかかっており、その底にソルニュ川がカフェオレ色をして轟々《ごうごう》と流れていた。

そこで彼は指笛を吹いた。彼女に向かって、待てと合図した。そして合流すると、「いいか」と言う、「気をつけないと。裏を通っていこう」

ちゃんと聞こえたのだろうか？　彼は相手の腕を取った。相手は縄をつけられた犬のようにおとなしく連れられていった。二人は家をぐるりと回りこみ、久しく前から使われなくなったために苔に覆われて崩壊しかけた水車の横を通っていったが、この水車はかつて長いこと使われてきたもので、つまり家は元々、水車小屋だったのだ。谷の向かい側の斜面に作られた狭い通路に差しかかった。機械類をしまってある倉庫に沿っていき、さらに二階建ての家の、湿気による染みをまとった石造りの玄関の前まで来た。ここで、彼は口元に指を一本立て、「そうっと行けよ」

そして彼は、そろりそろりと扉を押し、そろりそろりと爪先立ちで赤いタイルの狭い廊下へ踏みこんだ。

彼女のほうは縄編みの靴底だから、足音はしなかった。

彼の耳からは、まだ血が出ていた。

山にひびく声

Voix dans la montagne

1946

それは牧草地が峡谷に向かって急傾斜する危険な場所で、下のほうに杭を交差させてつくった柵が設けられ、家畜が先へ行かないようにしてあった。毎晩六時ごろ、チーズ釜《がま》を脇へどけて、あとは水平に渡した腕木に吊り下げた釜を支柱に沿ってくるりと回すだけ、というところまで来ると、彼は誰にも一言も言わずに抜け出して、視界をまったく遮られずに眼下を一望できるこの場所に身を落ち着けた。谷底まで下ったところが平たくなり、二千メートル下にあたるその位置に、ローヌ川が流れているのが見える。彼はその場に佇《たたず》むか、腹ばいに寝そべり、すると目の前にあるのは石鹸水《せっけんすい》の色をした大気の厚みだけ、下にあるのは闇に満ちた空虚だけとなり、その暗闇からは、選挙の日に村の広場で大勢の人々が話し合うときのような大きなざわめきが、時にはひとかけの靄《もや》とともにのぼってくるのみだった。短く縮れた芝生が腐葉土の薄い層に生えて、突き出た岩の上へ絨毯《じゅうたん》のように広がっているこの円い頂に、毎晩、同じ時刻に来る——そして、時には立ったまま、時には腹ばいに寝たままで、口を手で囲み、胸から声を引き出して下のほうへ向けながら、「オーエー」音は二つで、後のほうがより高く、長くなる、「オーエー」、きみ宛てだ、来てくれよ。音が下へ降りていくよう強いるのは、あの娘《こ》を迎えに行かせなくてはならないからで、音は峡谷を乗り越えたあと、斜めに降りていって、向かい側の、やはり突き出た岩に緑色を塗った、牧歌劇《ベルジュリ》に出てくる張りぼての野原のようなところに到着しなくてはならず、そこにあの娘が姿を現す、おれの声を耳にして。だから彼は注意深く両手を折り曲げ、口先の延長になるよう注意深く形をつくる——そうすれば彼女は来る、そうすれば彼女はあそこに現れるのだ。娘の背丈は小指とたいして変わらないし、幅もたいして変わらない、なにしろ距離を置いて、高いところから見ているから。でも、聞こえた。彼は力をこめて音を相手の元まで押しやった。そして肺いっぱいの息で出した音は言いつけに従って空中に穴を穿《うが》ち、たった四秒か五秒で到達するが、それは人間なら下りは体重を使っても一時間以上、上りは重い体を感じつつ二時間以上かかる道のりだ。すると別の軽やかな声が、山の虚空のなかをだんだんとこちらへ登ってくる、瑞々《みずみず》しく澄んだ、女の子らしい声が。返事だ、「オーエー」と一度、さらにもう一度。二度返ってくれれば、待っているという意味なのだ。

彼は袖《そで》をまくったシャツと、布ズボンだけの恰好《かっこう》、軽々と彼女に会いに行く。

斜面を駆け出す。姿が見えるかと思えば、もう見えなくなる。岩棚を過ぎたら、もう落ちるにまかせていけばいい。両肩に触れる斜面がざざっと滑っていく。岩石の一角が道筋に立ちふさがるのを、ひと息に飛び越える。そうやって家畜の群れが登っていくとき使う道まで来て、しばらくその道をたどるが、時間を無駄にするのが惜しくて、道から外れる。近道があるのだ、といっても険しい崖で、行く先にあるのは山崩れの土砂からなる絶壁、こちらの体と同時に土砂も落ちていくのだが、速いことは速い。断崖の片側にいる彼は、深みへと降りていき、底のほうでは闇のなかにところどころ水が真っ白にふくらんで、後ろ肢《あし》で立った馬が水泡のたてがみをつけているように見える。水もまたずんずん走り、そうやってこちらを駆り立て、あおるのだが、こちらはといえば斜めに体を傾《かし》げ、岩に手をついて体を支える、なぜなら身体というものをもつ人間にとっては、長い道のり、難しくかつ長い道のりだから。ここで、崖道と呼んでいいのか、足の裏と同じくらいの幅しかない出っ張りが断崖を横切っているところへ着いたので、これを端から端まで渡らねばならず、次いで新たに砂利のなかを、砂利ともども転がり落ちる。だが彼は早くも湿気につつまれている、水の隠《かく》れ処《が》から絶え間なくのぼり、水が水面から押しあげてくる霧のなかにいる。エラスムは服も顔も濡れそぼっている。いい徴候だ、こうなれば、あとは急流を渡るだけ。家畜が使う橋は下流にあるが、彼は橋などいらない。毎晩、橋なしで渡る、つまりいい場所を知っている。その場所では急流が突如、炭酸水みたいになって二個の大きな岩塊のあいだにごくごく呑《の》みこまれており、それらの岩は、水が自ら運んできたもの、わざわざ彼だけのために山頂のほうから運んでくれたものなのだ。岩の片方によじのぼって、上まで来たらもう片方に飛び移ればいい、まさにいま彼がそうしているように右脚をぐっと伸ばし、全体重をその脚にかけて前へ倒れる、すると一瞬、足元で水が泡を立てて沸き立つのが目に留まる。そのあとはもう簡単だ。こちら側の斜面のほうが勾配は緩い。あたりは黒土で、唐松すら多少生えている。それに、あの娘がいる、すぐ近くにいる。時間が許すかぎり欠かさず会いに来てくれる、家事のない日や、父親に「おいクリスティーヌ、豚の世話はどうした」と念を押されないで済むときに。

近づいてくる足音が聞こえる。穏やかな美しい夕べ、雪がばら色に染まるころ、彼女がやってくるのが聞こえて、「来た！」と思う。

曲がり角に姿を現す。彼は言う。

「こんばんは」

彼女は言う、

「こんばんは。元気？」

彼は言う、

「まあ悪くない。そっちは？」

彼は少し笑い、連れだって彼女の家の方角へ登る、というのも二人は苦心のすえ、付き合う許可を得ているから。二人は手をつないでいる。一緒に登っていくが、といっても家までは行かず、右のほうにある二人だけの場所へ向かう、つまり彼が声を放って彼女を呼ぶときに彼女が現れる場所、彼女が声を放って彼を呼ぶ場所に——そうして呼び合うときにも、すでに一緒にいるけれど、近さが足りない、それが今度は本当に一緒にいる。いま、二人は蜂蜜の香りのする細い草のなかで隣同士に座り、灌木《かんぼく》の茂みに隠されていて、目の前はただ谷間だけ、そして谷の上には、積み重なる山々と、草地の緑と、背中を真っ白に眩《まぶ》しく光らせた岩塊の堆積があり、そのうちに暗い影がのぼってくるから白いものは輝きを失い、同時に太陽が低くなっていく。二人はあまり話さず、それぞれ心にいろいろつぶやいている。お互いほとんどものを言わず、たまに一言、小声で話し、そうしていると夜がはじまり、日は去っていく、日の光は遠のいて、山々の頂上まで少しずつ、のろのろとたどり着き、鐘塔の上の雄鶏みたいに燦《きら》めく。太陽はとっくに地平線の下に潜ったのに、日光はまだ彼方からこちらを照らして、次々にばら色、鮮やかな赤、あるいはまた消え入る熾火《おきび》のような暗い紫になる。それでもまだ二人を照らしに降りてきて、宵闇のなかの恋人たちを見つけては、彼らの髪の毛や肌をきらりと彩る。

「あれ」とエラスムは言う、「髪が赤くなってるよ。赤い髪の女の子は好みじゃないのに」

黒髪に戻った。

「よかった」とエラスムは言う。

というのも突然、まるでろうそくの炎を吹き消すように、すべての明かりが消えたのだ。空はやさしい青い色をして、白っぽい岩場の背後に広がっていて、そこからゆっくりと一番星がのぼり、花開き、最初はためらって震えているが、じきに定まる。星は二つ、次いで三つ、そして間もなく数え切れないほど多くなる。彼は立ちあがって言う。

「行かないと」

「もう?」

「仕方ないよ」

彼女は悲しげに首を振る。彼は慰めようと、

「少し先まで送ってくれる?」

一緒に少し先まで歩く。それでもやはり別れなくてはいけない。とはいえ、彼女が一人で帰っていくあいだ、彼はずっとそばにいた。いまどうしているか伝えたり、坂を登るのを励ましたり、そんなことを彼は両手で口を囲んで相手のいる方向へ声を放つことで語りかけ、一方で彼女のほうも、呼び声に呼び声で答えたのだ。

＊

若者は自分の腿《もも》を平手ではたいた。

「今朝のこいつらはたちが悪いな」

若者と髭面《ひげづら》の年寄りの二人で、牧草地の群れを世話しているところだった。

「まあ」と年寄り、「つまりもうじき来るってことだ」

年寄りは山脈の頂を見あげる。青々とした空しか見えない。どこにもひとつの雲もない、どんな雲のどんな影もない、ただじりじりと暑いだけ。それから一瞬のち、二人が戻る途中に、一発の雷鳴が鳴った、しかし、本当に雷だろうか？　この二か月、雨は一滴も降っていない。こういう天気だと氷河が崩れ落ち、氷塔の根元が削られて次々と倒れ、岩場の山崩れも起きるから、そのせいで鈍い音が鳴り、それが谺《こだま》によって反響して、山全体が唸《うな》ることがある。雷鳴ではないかもしれない。

「それでもとにかく」と年寄りは言う、「家畜を連れ帰らないと」

二人は取りかかった、首を上へあげても、ぐっと反り返らせても、どんな徴候もまだ見当りはしなかったが。

けれども、年寄りが片腕を伸ばし、何かを指し示す。銀のように輝く稜線《りょうせん》すれすれに、黒い壁めいたものが立ちあがりつつあり、場所によっては全体が目に入るが、遠くのほうは尖峰《せんぽう》がふたつそびえているため上の部分しか見えない。左右に長くつづく壁で、さらに幅がどんどん広がっていくと同時に、高さのほうも石を一段一段積みあげる具合に増していく。山では嵐はこんなふうに、こちらへ向かってくるのが見えるより先に、もう頭上にきている。日の光が変わって、それまで透明な眼鏡をかけていたのを黒眼鏡にかけ替えたかと思うほど、空気が煤《すす》状になると同時に、大きな、重たい、スレートの色をした雲が、空全体を覆いつくしている。そして早くも頭の真上で稲妻が鞭《むち》を鳴らして、空間を横切り、ばらの花と同じピンク色をした大ぶりなジグザグを走らせる。二人の男はどうにか山荘に避難するのに間に合った。何もかもが倒れてくる。地面が動く。それから水でできた長い槍《やり》が切っ先を光らせて一斉に振り降ろされ、土を掘り、屋根を刺し通す。山がまるごと下降する。山がまるごと水になり、坂に沿ってずり落ちる。固体だったものが液体になり、固いところにしっかり接合されていたものがそうではなくなって、岩石が根を生やしていた場所も、根はめりめりと音を立てて剝《は》がれる。四元素がそれぞれ変容し、荒れ狂う。落ちてこい、うかつにもわたしたちの頭上に宙吊りに積み重なっているものたちよ、永遠であるかに見えていっときしか保《も》たないものたちよ。落ちてこい、すると実際、それらは下に向かって跳んでいき、入り乱れ、互いに折り重なって滑り落ちる。時々、一滴の水が山荘のなかにいる男たちの頭に落ち、また別の一滴が釜に落ちて牛乳の表面に泡をつくった。だが、耳を澄ませ、嵐は去っていく、雷鳴はもはやはるかな唸り声でしかない。これらの怒りは長くはつづかないのだ。ただし、雨のほうはやまなかった。

＊

雨は夜まで降りつづいた。エラスムはそれでも普段どおりの道をたどりはじめた。いつもとひとつだけ違うのは、この晩は相手を呼ばなかったことだ。口の周りに両手で筒をつくらなかった。山には、この晩、声が響かなかった。呼んでもクリスティーヌには聞こえなかっただろう、というのも急流に押し流される巨大な岩石が水底でぶつかり合っていたからで、こうやって川は、その気になれば、わたしたちよりも大きな声を出せるのだ。

分厚い蒸気が絶えず急流からのぼってきて、あらゆるものを包み隠していた。エラスムは雨のもと、霧のなかを、前もって行くことを告げないまま降りていく。見知らぬ土地にいる、見知らぬ土地を降りていく、景色は時に露わになるが、また視界から消え、次いで目に見えるようになり、ふたたび隠され、場所によっては雨で表土が流されて、岩が剝《む》き出しになっている。そのためにエラスムは行程をすっかり変えざるを得なかったのだが、それは轟音《ごうおん》のせいでもあった、つまり、とどろきわたる奔流《ほんりゅう》の怒号が近づくにつれ激烈になり、分別を鈍らせたのだ。例の二個の岩石は、上から流れてきた大小の石や砂利に押されたために、引き離されていた。そこでエラスムがこの晩、一体どうやって通ったのか、それは結局誰にもはっきりとわからなかったし、また彼自身もわかってはいなかったのだ、なぜなら渦巻く水が彼に向かって立ちあがり、大口を開けて、どよめきとともに水泡を顔に叩きつけていたから。

＊

クリスティーヌの父親が、女房や子どもたちとともに夕食を摂っていると、台所の戸を叩く音がした。娘は、真っ青になった。

「どうぞ」

戸が薄く開いた。彼が、隙間から顔を出して、

「すみません、中へ入らなくて。見せられた形《なり》じゃないので」

クリスティーヌが席を立ち、近寄っていった。二人で軒下へ行って腰かけた。

「エラスムス」と彼女は言った、「あなたなの？　エラスム、来たのね。こんな天気なのに！」

「見てのとおり」

「まあ」と彼女は言う、「ずぶ濡れじゃないの」

「そのうち乾く」

「まあ、どうやって来たの？　だって、もう来ないと思ったのに」

「帰ってほしいなら帰るけど」

「まあ、エラスム」と彼女。「大変じゃなかった？」

「大変かどうかは、たいしたことじゃないんだ」

二人はそんなふうに、お互いほんの少ししか話さず、家の壁に沿って地面に置かれた建築用の角材に体を寄せ合って座っていた。二人は暗闇のなかで、周りよりもわずかばかり濃い闇にすぎなかった。雨は降りつづいていた。

ひとつかふたつの言葉を交わす時間しかなかった。彼は早くも立ちあがる。

「まあ、エラスム、また登るの?」

「そうするしかないだろ」

「ここにいたら? 干し草で寝られるわ」

「いや、向こうで待ってるから、仕方ない」

「ねえ、エラスム、危ないわ。暗いし、この天気じゃ」

「行かなくちゃ、それに」と彼は言い直した、「急がなくちゃ。道が悪くてかなり時間がかかるから」

「エラスム!」

彼女は引き留めようとする。彼は手を差し出した。彼女は握ったまま離そうとしない。彼は引っ張る。

「離せよ、でないと連れていくよ」

「なら、そうして、一緒に連れてって」

「まったくもう、何も起きやしないよ」

彼女はさよならを言う暇もなかった。彼は闇のなかへ潜っていった。

＊

だが、翌日、近所の様子を聞きにいったクリスティーヌの父親は、自宅の山荘へ戻ってくると、こう言った。

「レ・ポスじゃ山羊を二十頭失った。スリーニュ川の橋は流された」

クリスティーヌは尋ねた、

「誰が言ったの？」

「チーズを届けにおりる男だ」

「さて」と父親はつづけた、「うちのほうにも悪いことがなかったかどうか、見回りにいかないと」

悪いこと？　クリスティーヌには信じられない。こんなに天気がいいのに、悪いことなんてありうるかしら。夜のあいだに気候はがらりと変わっていた。ふたつの風が闘う。北からの風が南風を追い払う。いまとなっては、見るがいい、小さな雲ひとつどこにもない。かろうじて氷河の割れ目やくぼみに灰色の軽い羽毛が多少残っている程度で、ふっと吹けば、尾根の向こうへ飛んでいく。そしてさまざまな雪が現れる、白や、青や、黄金色、日影に留まっているか日なたで丸まっているかによって色は違うが、いずれもピカピカに掃除され、新品同様に念を入れて磨いてある。だから、雪は見るほどにどこもかしこも光り輝き、澄んだ空気のおかげでごく細かなところまで見分けられる。彼女はこの空気を吸いこむ。爽《さわ》やかで、おいしくて、胸をふくらませてくれる、頬《ほお》をばら色に染めてくれる。エラスムがやってくるまで待つ時間を計算してみるが、まだ午後いっぱいあって、長い。さいわい、手仕事がある。ほら、時間は順調に過ぎていく、耳元に吹く北風のように。彼女は思う、「七時、それか七時ちょっと前」七時まで待ちはしない、呼ばれるまで待たずにこちらから呼ぶのだ。

あのひとの声が来るより先に、わたしの声を届かせよう。今度だけは、一番になって、あのひとが出てくるのを待とう。彼女はいつもの場所へ行く。目の上に片手をかざして眺める。雪が光って照り返しがきついけれど、雪の下には灰色の岩場があって、さらに下ると緑、柔らかな緑色。何も見えない、何も聞こえない。そこに姿を現すはずだが、現さない。

そこで、自分でそうすると告げたとおり、彼女は呼ぶ、軽く首を反らし、両手をラッパにして、「オーエーー!」音がのぼっていき、谷を越えた。穏やかな美しい夕べに、新たな声がのぼっていく。クリスティーヌは呼び、ひたすら呼びつづけるが、いつまでも答えがない。胸の空気が空っぽで、もう満たすのも苦しく、それでもしわがれた音のようなものをなんとか胸から汲《く》みあげて、もう一度、力いっぱい押し出す。やはり答えはない、やはり来ない。

その晩、もう少し遅くなってからやってきたのは彼ではなく、彼の山荘の仲間三人で、うち一人はあの髭の年寄りだった。家の前に立ち止まると、そこにいたクリスティーヌの父親は、黙って三人を見つめる。年寄りが一歩前へ出る。

「エラスムを探しにきました。この辺で見かけたんじゃないかと」

「見かけましたよ」とクリスティーヌの父親は言う。

「いつ」

「昨晩」

「この時間になっても、まだ戻りません」

クリスティーヌはすべて耳にした。薪束《まきたば》を入れておく目透かしの納屋に隠れていたのだ。

「それで」と年寄りは言葉を継ぐ、「ひょっとしてこちらに泊まったんじゃないかと思ったものですから」

「いや」と父親は言う、「また登っていきました」

「それはいつ」

「昨晩。そうだろ、クリスティーヌ？　昨晩、普段どおり、八時か、八時半ごろ」

父親はつづけて、

「クリスティーヌ！　おい、どこにいる」

彼女は出てこなかった。

「岩場から落ちたのかもしれません」と父親は言う。「レ・ポスじゃ山羊を二十頭失ったそうで」

「岩場から」と髭の年寄りは言う。「もしかすると、そうかもしれません、もうずいぶん探しまして」

クリスティーヌは身を隠した陰のさらに奥へと潜りこんだ。前へ倒れこむように薪の山にもたれかかると、両腕を壁につけ、そのあいだに顔をうずめた。

口から途切れとぎれに、水汲み場の蛇口が詰まったときのような、小さな音を立てている。

彼女の姿は見えない、彼女の声は聞こえない。聞こえるのは父親がこう話す声だけだ。

「とにかく、ここまで来なすったんだから。さらに探してみるしかないでしょう」

「もちろん」と年寄りは言う、「まだ探してみます。しかし、どうも弱りました」

そして帽子の庇《ひさし》を持ちあげ、耳の後ろを掻《か》いた。

フォリー姿の物狂い

La Folle en costume de Folie

1946

一か月以上にわたり、みんなは復活祭の月曜日に村の集会所で青年会が上演する演《だ》し物のため、賑やかに衣装づくりを進めたのだった。女の子たちは布を裁ち、縫う。男の子たちはそれを見ながら、女の子たちにいろんな話を聞かせる。あのときは面白かった。

それから演し物をやって、評判は上々、楽団も男性合唱団も体操実技もあった。けれども、残念ながら祭りは終わった。戻った先は、ほぼ一年中つづく退屈な薄暗い日々、ここではもはや笑いではなく、朝から晩まで働くことが求められる。

ところが、一日しか着なかった衣装、一日だけ自分たちから抜け出して別の生き方へ入っていくために着た衣装は、相変わらずそこにある。そこで、ある土曜の晩、男の子も女の子も集まって、衣装を整理することにした。

教師が簞笥《たんす》を貸してくれて、貸した本人は「万一また衣装が要るときのため、といってもまず機会はなかろう」と思っていたが、でもまあ、とにかく全部の衣装にアイロンをかけ（これは女の子たちが懸命にやった）、丁寧にたたんだり、吊ったり、羊毛製のものはナフタリンの玉と一緒に箱にしまった。

「あーあ、わたしは女王様だったのに、一度もなったことがないのと同じになるんだわ」

「おれは王様だった。この冠を見ろよ。いまこうして見るとただのブリキなのがよくわかるけどな」

「おれはたいして損しないよ、召使いだったから」

そうしてそれぞれ過去の自分に戻ったつもりになり、惜しみながらそうでもないふりをして、きらびやかで多種多様で色とりどりの衣装を回していったが、これらを身につけることはたぶんもう二度となく、いまやみんなと同じスカート、またはみんなと同じズボンに、暑くなってきたから簡単にシャツ一枚、そして女の子たちはケチくさくも既製品のブラウスを着ている(薄手の麻は偽物だし、綿だって偽物だ)。

男の子たちは女の子たちに衣装を渡した。女の子たちは簞笥に片づけるが、積みあげていく箱は、死の匂いと、死に抗するために使うものの匂いの両方を強く放っていた。箱は、棺桶《かんおけ》のようなもの。死人には、もう会えない。

だが、簞笥を閉めようとしたとき、一人が言った。

「これは?」

「これはもったいないな、お似合いのひとがたくさんいるのに」

「しまわないでおこう」と男の子の一人が言う、「きっと引き取り手が見つかるよ」

みんなは日なたに広げてみる。フォリー〔陽気さ、奇抜さを象徴する寓話の人物〕の衣装だ。見事な色彩が目に入る。針を抜いて、平らにならす。全員、惚《ほ》れぼれと眺める。生地は銀色の布と鮮やかな赤のラシャ。上衣は鮮やかな赤に、三角形の切り抜きが並ぶ。そして切り抜きの一つひとつに、鈴が縫いつけてある。ちょっと触れれば、一斉にチリチリと鳴る。まるで山羊の群れだ。

そこで男の子も女の子も笑い出しつつ、いたずらの予感がして、こう言い合う。

「誰にあげる？」

すると男の子たちは、

「まず言っておくけど、これは女性用の衣装だね」

そこで女の子たちは、

「そんなことが気になるなら、下半分を作り直すのは簡単よ」

一人が口を挟んだ。

「直さなくても大丈夫。ぴったりの女のひとがいるよ」

「誰？」

「ティア……」

「ほんとだ。思いつかなかった」

みんなは、なぜもっと早く思い浮かばなかったのかと驚いた。本物の狂女《フォル》じゃないか。ちょうどいいに決まってる。よし、とみんなは言った、この衣装を渡しに行こう、彼女への贈り物にしよう。デュペレ、おまえの役目だ。だってデュペレ、おまえは口が立つから。

そしてデュペレは、いいよ、ただし付き添いがほしいと言った。四人で行くことになった。

＊

本物の狂った女だが、生まれつきではない。婚約者に捨てられたその日に気がふれた。男はこう言った、「いや、だめだよ、たぶん無理だ。うちの親はやっぱり承知してくれない」そして二度と会えなかった、相手は里を離れたから。けれども彼女は、あのひとは戻ってくると言った。そして、その日からというもの、待ちはじめた。「明日帰ってくる」と彼女は言う。そうやってもう三年経ったのに、諦めることなく、日がな一日窓辺にいて、遠くから来るはずの彼を待ちつつ、こちらに向かって言うには「もちろん、当てにしてるわよ、ちょっと出かけただけだもの」晩になれば床につき、夜が明ければふたたび辛抱を取り戻し、信頼を取り戻し、その間に年月が過ぎていく。こうして二十六歳、二十七歳、二十八歳になった。合間に母親が死んだ。いまは一人暮らしだ。

穏やかな物狂いで、不幸なわけではないのかもしれなかった、というのも望みを抱きつづけていたし、ただ望むだけでなく、それ以上のことをしていたからだ。髪の毛に花を飾り、家をきちんと整えていた。ラズベリーやブルーベリーなど小さな実を林で摘んできて市場で売り、また市場には手作りの小さな冠も持っていったが、これはハシバミの若枝に苔《こけ》を編んで巻きつけ、そこに早春のピンクと白のひな菊を差したもので、自分自身も同じ冠をかぶっていたので、州都では誰でも彼女のことを知っていた。商品の入った籠《かご》を、歩道の高くなった部分に端を載せて傾けるようにして自分の前に並べ、人々が行き来するのを待ちながら、こちらに対して笑いかける、その歯は初めは白いきれいな歯だったのが、黄色くなり、傷んできた。人々は子どもたちに「ティアのところで冠を買ってあげるからね」と言うのだった。

デュペレと三人の男の子たちは午後遅くに着いた。彼女はいつもどおり窓辺にいた。男の子たちはこんにちはとあいさつし、次いでデュペレが進み寄った。彼女は立ちあがり、庭に面した台所の戸口で男の子たちを迎えた。

彼女の庭はごく狭い庭だったが、村で一番美しく、花にあふれていた、なぜなら彼女は「あのひとのため」といつも言っていたから。無駄な空間は少しもなく、花々がどの季節にもひしめいていた。種類ごとに並んでいる——中心が茶色いひまわり、中心まで黄色いひまわり、咲きはじめの百日草、咲きはじめの大輪のマーガレット、キンレンカ、ヒエンソウ、あらゆる色のあらゆる花。赤、黄、暗紅色、青、紫、もはや土が見えないほどの色彩豊かな覆いが、鮮やかな四角い生地を縫い合わせた上へさらに刺繍《ししゅう》を施して作る例の絨毯《じゅうたん》さながらに広がっているので、見る者は驚き、誰もが「きれいだね」と言うのだが、彼女は「あのひとのためなの、もうすぐ戻ってくるから」と答えるのだ。

「あの」と、衣装の紙包みを小脇に挟んだデュペレが言う。

彼女は、

「あのひとに会ったの？」

「まだです、でもそのうち会うこともありうるでしょう」

連れの男の子三人は塀の上に座って聞いていた。

「あのですね」とデュペレは言った、「そこでなんですが。うまく行くようにと、ぼくら考えてみたんです」

彼女はこの日、髪の毛にたくさんの小さなばら色のリボンを結わえていた。

「遠くから見えないといけないでしょう、（リボンを指して）これじゃそんなに遠くからは見えません。それに」と彼はさらにつけ足す、「何か音が出るものもないと」

言うと同時に包みを開け、衣装を広げると、色彩が輝き出し、万事心得たデュペレは、それを目の前にかざしながら手を軽く振ることでチリンチリンと鈴の音を鳴らしたので、山羊の群れが小径《こみち》を行くときのような音が響いた。

「まあ」とティア。「まあ、すてき。もらっていいの？」

「どうぞ」とデュペレ、「あなたのものです。あなたにあげます。ただ、条件がひとつあります、家のなかにいないで、これを着て外へ出てほしいんです。第一、家にこもっていてどうなります？　姿を見せなくちゃ。衣装を身につけてください。頭巾もついてます、これを頭にかぶれば絶えず音がしますよ」

デュペレは言う。

「着てみませんか」

彼女は両手を差し出した。

「すごく似合いますよ」と塀の上の男の子たちは言った。

生地が頬《ほお》も耳も額も髪の毛も覆うので、この形《なり》のおかげで身繕いの乱れが隠されて、まるで若い娘、しかもかわいい娘にすら見え、実際華奢《きゃしゃ》な体つきだし、皺《しわ》は目につかないし、派手な色が肌に映るせいで色艶《いろつや》もよくなったかのようだった。

「鏡がなくて残念です」とデュペレは言った。

「あら、わたし、持ってるわ」と彼女は言う。

彼女は取りに行った。うつむいて覗《のぞ》きこむと、自分の姿に笑った。そして、体を起こしたとき、小さな鈴が鳴り出して、陽光のもと泉の水が小石に当たるときと同じ音がした。それから、

衣装を脱ごうとしたが、男の子たちは、

「いや、そのまま着ていてください……普段のワンピースよりずっとよく似合います。そのままで、見せてまわってください」

＊

彼女は村のほうへ歩き出した。男の子たちはいくらか距離を置いて後を追った。鈴の音が彼女の先に立った。彼女は尋ねるのだった。

「これであのひとにも聞こえると思う？　こうやって音を鳴らしていれば」

眼鏡の年寄りが立ち止まりつつ、口をあんぐりと開けた。そして言った。

「なんだ、ティアじゃないか！　一体どういう思いつきだ？」

次いで、少し遠くにいる女たちのほうへ振り向くと、指で額をつついた。

誰もが戸口に出ていた。鈴の歌が彼女に先立ち、子どもたちが後ろを走ってついてきた。彼女は言った。

「赤くて、銀色で、ピカピカしてる。今度こそ、あのひとは見つけてくれる。待つのは退屈だったもの。もう待たなくていいんだわ」

そして、誰かが彼女に向かって、

「おい、ティア、どこへ行く」

と聞くと、彼女は村の少し手前にある丘の上の教会を指さして、

「遠くからよく見えるところ」

「放っておいてあげなさい」と誰かが言った、「男の子たちの悪ふざけだよ。ティアは誰にも悪いことしていないのに」

こうして村じゅうが、彼女の通るのを眺めた。時折、彼女は誇らしげに、日光のなかで鈴を振り鳴らし、あるいは衣装に動きを伝えて体沿いに震わせては、カワセミが羽根を光らせるときのように衣装を太陽のもとに輝かせた。

こうして誰もに見られ、誰もに知られて、年寄りが首を振る一方で若者たちが面白がるなか、彼女は教会の方角へ進み、急な坂を登り、この土地一帯を見渡せる塔の戸口に腰を据えた。そこには一個の古い墓石が、名を記された人物の元から奪い去られて（しかしその名は薄れて読めなくなっている）、幅が広いほうの面を壁につけるかたちで玄関の片側に置かれ、狭いベンチというか、むしろ単なるへりといった具合になっており、彼女はそこに座った。なぜなら、ここからだとこちらへ向かってくる三本の街道がひと並びに見えるからで、どの道路も遠い端は細く尖《とが》っているのが、こちらへ近づくにつれ幅が太くなってくる。ひとつは黒くて広い、東

から来る街道。もうひとつは曲がりくねって白い、北からの街道（街道というより単なる道）。三本目は西の林から延びる街道で、その方向に目をやれば、平らに連なる退屈な青い山々が見える。

彼女はこの墓石の狭いへりに陣取ったから、こちらへ向かって動いてくるものはすべて、首を振り向けるだけで遠くからでも見つけられた。以来、毎日通ってきたが、親指をしゃぶりながらじっと見つめる子どもたちに囲まれていることもあれば、作業の都合で近くまで来た男や女と話していることもあり、あるいは一人きりのこともあった。分別のある人々もいて、それに雨降りの日も多かったから、

「ティアさんたら、家にいたほうがいいでしょうに」

するとティアは腹を立てて、

「あのひとが来たらどうするの！」

鈴を振り、それから右へ左へと首を向けては、こちらの街道、あちらの街道、三本目の街道と見渡す、誰かやってこないかどうか。すると、いつでも誰かしらやってくる。はじめは点、ほんの小さな黒い点、それがそこそこの速さで太くなり、背も高くなっていく。木桶打ち、とここらで呼ぶ、流しの商人だった。そこで彼女は立ちあがり、次いで首を横に振りながら座り直す。あるいは点だったものがふたつに分かれ、ずんずん大きくなる。馬が引く荷車だ。時に

は自転車に乗った男、これは遠くからでも、脚をまわす動きや、機械のニッケルが景色に放つ閃光《せんこう》でわかる。この場合、彼女は立ちあがりもせず、ただ首を横に振るのだった。あのひとは相変わらずやってこない。

そうして遠くを見ているあいだ、彼女のほうも遠くから見えるため、村じゅうが彼女の姿をうかがっていて、なかには、

「あわれな女だ！　まったく見ちゃいられない」

と言う者もいたが、面白がる者もいて、

「いや、なかなかうまい冗談だ。いつまでつづくかね？」

予想よりもずっと長くつづいた。当局に訴えるべきだと早速言い出す者も現れた、というのも彼女はどんな天気でも、あの衣装をつけて通いつづけ、同じ場所で見張りについていたからで、鈴を振り鳴らすこともあれば、立ちあがって三本の街道のどれかひとつは必ず目に入るようにしながら教会の周りを一周することもあったが、やってくる者が彼であった試しはなかった。それでも決して諦めなかった、たとえ気候が寒くなってこようと、雨の日が増えてしばしば大雨になろうと。そうなれば前にも増して教会の壁にぴったりと体をくっつけ、庇《ひさし》の下に縮こまって雨を避けようとするまでのことだった。

＊

青年祭がおこなわれる予定の九月は、一年で唯一、少しは楽に過ごせる月だ。大きな仕事は終わっている。秋の耕作はまだ始まらない。そこで三日間は遊んでもいいことにして、舞踏会に楽団に仮設の野外舞踏場と勢揃《せいぞろ》いで、土曜、日曜、月曜とやる、これは毎年のことで、この年もそうだった。

ティアは変わらず同じ場所にいたが、周辺に住む人々がみな村に押し寄せたものだから、きれいな色のせいで遠くからでも見える彼女の姿はいい見ものになった。あちこちに集まった人々は、彼女のほうへ振り向き、自分の腿《もも》をぴしゃりと叩いたり、笑い出したりした。本人は何も気づかないようだった。三本の街道に人通りが多いせいで、集中しきっていたのだ、普段は閑散とした三街道が、この日ばかりは、夏の台所の食卓にたかる蠅《はえ》よりも人波で黒々としていたのだから。

ひっきりなしに、男たち、女たち、子どもたち、馬をつないだ馬車に、自転車に、自動車までもが、残らずこちらへ向かってきては彼女のほうになだれこみ、特に夜はひとが増えた。だから日が暮れて何も見えなくなるまで定位置に就いて、出現する人々の一人ひとりをじっと目で追っては、注目した相手の顔立ちや服装やふるまいを見分ける。それはきわめて疲れることだった上、その度ごとに大きな期待がふくらんでは、裏切られるのだった。つまり、あのひとは来なかった。

土曜も過ぎたが、来なかった。日曜も一日中来ない。ようやく午後の終わり、誰もが酔っ払ったころのこと。回転木馬のまわる音に、舞踏会の吹奏楽と、野外舞踏場の床に揃って靴を打ちつける音とが奇妙な具合に混ざるのが聞こえていた。

＊

東から延びてくる街道、黒い街道。幅の広いこの道路は、アスファルトで舗装されているため、土の道路なら埃《はこり》に覆われ、風が吹けば白いヴェールがふわりと舞うところを、そうしたものを脱がされて、物悲しく太陽に照らされている。

東から来る、あの街道に。突然、前触れもなく、六時ごろ。六時ごろということは、もうすぐ夜の会食がはじまる時間、会場は大屋根の下で、田舎ハムと、キャベツ、じゃがいもが出るのに加え、何リットルものワインがつくので、酒好きが集まる。ちょうど、道路にほとんどひとがいない時間が、午後のあいだ、一時間か二時間あった。踊りにくる者はもう着いていて、飲み食いしにくる者はまだこちらへ向かっていない時間帯なのだ。とても暑かったので、道路は溶けはじめ、液状になりかけて、光っていない部分と光っている部分ができ、車輪が埋もれるせいで馬車の進みがのろくなっていた。

ほぼ誰もいない、四時と六時のあいだ。そして……彼女は両腕を差し出し、鈴を振った。あのひとわたしを見てくれないかしら、聞いてくれないかしら？

間違いなくあのひとかしら？

疑う余地はない、あのひとだ、あのひとが近づいてくる。わたしが待ちつづけたから来てくれたのよ、ほらごらんなさい。とはいえ彼はまだ暗い色の道路をゆくぼんやりとした黒っぽい影でしかなかったので、誰だか見分けるのは難しかったのだが、それでもあの身のこなし、両腕の構え方、脚を前へ投げ出すしぐさから彼女にはわかった。あのひとだ、あのひとが来る。けれども、相手が近づいて自分の真下へ寄ってくるにつれ、上から見おろす彼女はどんどん相手の姿に目を凝らし、全身でのしかかる一方、眉間《みけん》には深い皺が寄っていった。

というのも、一人だった彼は、いまや二人になっていたのだ。彼の姿がつくるはっきりしないかたまりは、真ん中で割れた。彼はいまやすぐ近くにいるが、その分身というか、もう片方もそこにいて、それはスカートと手袋をつけた人間で、彼の少し後ろに控え、居酒屋へ入ろうとする彼の肩に手を置く。

ティアは呼んだ。声がしわがれている。また呼ぶ。さらに大声で叫ぶ。すると彼は振り向く、ティアのことを果たして目に留めたのか？　だが彼は笑い出し、それ以上立ち止まることもなく、女の腕を取ると、建物の扉を押した。

ティアの様子は、誰もが目にすることができた。居酒屋の入口に面した小さな広場にいる者も、少し手前にいる者も、教会の下にいる者までも。

ティアの声を、誰もが耳にした。彼女は身を隠すことなく、みんなの面前で頭巾を剝《は》ぎ取り、上衣を外し（最後の鈴の音が響いた）、スカートを脱ぎ捨てた。大きな身ぶりで衣装のあれこれの部位を遠くへ投げた。ふたたびかつての暮らし、本来の暮らし、日々の暮らしを送っていたころの服装に戻った。それから、くるりと背を向け、自宅の方向へと大股の足取りで去っていった。

＊

「ちょっと、ご存じ？」

翌日、二人の女。

「ご存じ、ティアのこと……」

「いいえ」

「それなら、見にいらっしゃい」

二人は見にいった。二人とも、両手を組んだ。変わり果てていた。家はなんの変化もなく、以前と同じ小さな白い家で、苔むした瓦《かわら》屋根が載っていたが、遠くからでも家並みのなかでこの家を際立たせていた部分、つまり極彩色の庭が変わっていた。庭がなくなっていた。ティアは全部抜いてしまった。家の前にあるのはもはや四角い剝《む》き出しの地面だけで、捨てられた茎の山がしおれかけていた。アイリス、見事な百合、キンレンカ、百日草。すでに前日の夜、彼女は両手を使ってすべての植物を土から引き抜くか、剪定《せんてい》バサミで根元から切り、そのあと足で踏みつけていた。彼女は戸を開けたところだった。

「そこで何してるのよ」と二人の女に向かって言った。

二人は言った、

「まあ、お嬢さん、きれいなお花が！　もったいない」

「関係ないでしょ」

片手に穴掘り用のシャベルを持っていたが、その磨いた刃がギラギラ光るのを地面に突き刺すと、こちらへ振り返る。

それは年老いた女だった。乱れて脂ぎった髪が束になって肩に垂れている。体を洗わなかったのだ。顔の皺が、まるで目の粗い黒チュールのヴェールで顔を覆ったように見えた。灰色じみた綿フランネルのブラウスは、脇の下が破れていた。

森での一幕

Scène dans la forêt

1946

村から任された皆伐《かいばつ》作業で、一本のブナを伐っているところだった。四人組で、二人は年寄り、二人は若手。年寄りの二人が斧《おの》を使っていた。斧の音がはるか遠くまで響く。幹が共鳴箱の働きをし、音は森のなかを木から木へと送られていくから、森全体が鳴る。

男たちは柄の長い斧を振りあげつつ、「残念だ」と思っていた。

そこは伐採区域の端で、この木は区域中で一番いい木だった。男たちは長柄の斧を振りあげて伐り、木は悲しみに暮れて、熱の出た病人さながら梢まで震えを走らせ、枝先では開いたばかりの葉が振動を受けては一斉に揺れる。うっかり頂に留まったクロウタドリが、急に不安を覚えて、たくさんの鳴き声をあげながら寂しく飛び去る。

彼らは仕事をつづける。仕事というものは自分のしたいことばかりとはかぎらない。長柄の斧を高く振りあげ、斧は空中を半回転して、常に同じ場所に振りおろされては切りこみをつけ、切り口を大きくしていくが、これには確かな目と、技と、揺るぎない手つきが必要だ。そして男たちはその間ずっとこう考えていた、「残念だ。こんなに力に満ちた木、百年は超えていて、それでも元気そのもので、樹液もたっぷりある木を」というのも切り口から樹液が玉をなして滲《にじ》んでくるのが見えるのだ。だが、どうにもならない。全部伐る。「親父さんよ」と彼らは思った、「あんたの番が来たんだ」そして片方の鉄の刃はもう片方を狂いなく一定の間隔で追い、片方があがっていくと同時に、もう片方がおりていく。

男たちは「百年は超えてるな」と思い、打ちながら「あとで数えればいい」と思った。なぜなら切り口の両面に同心円が見えてきたからで、ひとつの円が一年にあたるわけだが、斧が露わにする年は、鋸《のこぎり》が見せる年よりも一年が長いように感じられ、それは斧が斜めに切りこみを入れるのに対し、鋸はまっすぐに断つせいなのだ。

年寄り二人は、ジョトランとマニグレーだった。若い二人に交代した。若手組は両端に把手《とって》がついた長い歯の並ぶ刃《やいば》、しなやかでつやつやした刃を持って進み寄った。その歯を切り口の奥へまっすぐに当てる。二人の動きは狂いがなく、固苦しい。一人が引き、もう一人が押す。行ったり来たり、単調だ。聞こえるのは微かな擦過音と、時々ギイと軋《きし》る音だけ。木はもはや気高く嘆くのではなく、溜息をついている。鋸を使う男たちのほうも、挙げた腕と横へ振れる胴体、前へ投げる両腕といった気高い身ぶりに欠けていた。一撃を加えるたびに、こめた力が胸の底から引き抜く「ハッ!」という一種の高貴な唸《うな》り声も、もはや耳にすることはない。鋸を操る男たちは赤くなり、歯を食いしばっている、というのもやはりきついことは間違いないからで、ただ進み具合は一目ではわからず、秘められ、内に留まり、食いこんでいく傷の存在は二箇所から噴き出すおが屑《くず》が少しずつ積もったすえ、幹の右と左に木屑溜まりをつくることでしか目に見えない。それでも、ともかく進んでいく、着実に進む、ゆっくりと着実に。鋸はとうにブナの心材に深く入り、芯の芯、つまりごく小さな淡い円で示される中心点に達しつつあった。ジョトランは言った、

「やめ！」

そして言葉を継いだ。

「シャブロ、いいな、いまだ」

次いで、すべすべでひんやりとした絹のような美しい幹に手のひらをぴたりと押しつけて、重みを量り、ぐらつかないかどうか試すが、まだ木はしっかり立っている。そこでシャブロは綱を手に取った。

せいぜい十八歳といったところ。登るのは彼、腕に覚えがある。長い脚で、裸足《はだし》で、胸も剝《む》き出しにして、その胸は滑らか、滑らかな素肌にふたつの筋肉がきれいに盛りあがっている。空を見あげ、もはや鳥が迷いこむこともない高い木の梢を見つめてから、低いところに生えた枝の一本をつかみ、体勢を整え、ぐっと体を持ちあげて登っていく、綱を胴回りに巻いた姿で。

ジョトランは数歩退がった。マニグレーも同じようにして、二人は立ち止まった位置から首をあげ、葉叢《はむら》のなかを動いては時に消える白い物体をじっと目で追った。

「ずっと行け！」とジョトランは大声で言った、「枝分かれの下のところに結ぶんだ」

シャブロは早くも降りてくる。ジョトランとマニグレーがブナの根元に戻ると、シャブロはもう元の位置に着いてふたたび鋸の片端を握っており、鋸が行き来している。相変わらず、二つの小さな口から水が湧く具合に、白いものが噴き出して苔《こけ》の茂みに落ちる。

「そのまま行け、淡々とやればいい。もうすぐだ」とジョトランは言う。

突然、木が動いた、揺さぶられるような動きとともにピシッと軋む音が根元の少し上から梢まで走り、それが済むとふたたび不動になった。ジョトランはそばに垂れさがった綱の先端をぱっとつかみ、

「来いよ、マニグレー」

そして綱はぴんと張られた。ジョトランは綱の端で、木から充分に距離を置いて、すでに陽光を浴びつつ体を反らしており、その間にマニグレーが来た。ジョトランは後ろへ身を倒し、そこへマニグレーが一歩、二歩、と、そこで引き留められたかのように止まった。その瞬間、一種の爆発音がとどろいた。何か黒っぽいものが雲ひとつない空を横切り、頭上に日影が差したかと思うと、また日なたにいる。同時に細い枝が折れるパチパチという音が聞こえ、その間に大きく息をつくような音とともに葉叢が一気に、まるで空気の抜けた気球のごとく地面に叩きつぶされた。ジョトランは変わらず綱を握っていた。マニグレーは消えていた。マニグレー

は逃げるのが間に合わず、ブナの下敷きになったのだ。仲間は目で探した。呼んでも答えはなく、一同は進み寄って、腹の高さまで枝の堆積に踏みこむと、両手で葉をかき分けながら覗《のぞ》きこんだ。

マニグレーがそこにいた。出血はほとんどない。みんなは身をかがめる。話しかけ、苦労して抱き起こした。彼は何も気づかないかのように、灰色の虚ろな目をしている。細い血の糸が口の端からたらたらと流れて、顎《あご》へ、首筋へと伝い、シャツのなかまで流れこんで、シャツの前面が少しずつ赤味を増していく。

「ああ、畜生」とジョトランが言った。

全員で死人を苔の絨毯《じゅうたん》のところまで運び、慎重な手つきで寝かせつつ、やはりやさしい声で、子ども相手のように話しかける。苔のなかに、足よりも頭を高くして寝かせた。脈を探ったが、もはや脈は打っていなかった。

ジョトランは首を横に振り、マニグレーの両目を閉じた。本人の上着を広げて顔を覆ったので、あたかも眠っているかのよう、気のいい働き手が夏の繁忙期の昼休みにひと眠りしようと日影に寝ころがったかのよう、刈り入れの仕事で疲れに負けてたちまち寝入ったかのようだった。安らかだ、完全に安らかだ、もう血の跡はまったくないし、目に見える傷もない。他の者は帽子を脱いだまま彼のそばに立ち、起こさないよう気遣うかのように小声で話している。

ジョトランは首を振りつづけながら、聞きとれない言葉を口にしていたが、次いでこう言った。

「それにしても……慣れてたはずなのに、きっと根っこに足を取られたんだな」

溜息をつき、首を振る。それから別のことを急に思い出したらしく、懐中時計を引き出すと、

「こいつの娘がもうすぐ来るぞ」

毎日、父の昼食を届けに来るのだ。

「どうするかな。ラルー、おまえに行ってもらおう」

そう言いさしてから、

「いや、おれが行く」

そしてあとの二人に、

「シャブロ、おまえは医者と警察に電話を。ラルー、おまえはここで、こいつのそばにいてやってくれ」

ジョトランは上着を取りに行き、袖《そで》を通した。シャツの襟《えり》ボタンも留めたので、よそゆきめいた恰好《かっこう》になった。溜息をつくと、歩き出した。

娘の来る方角はわかっている。毎日同じ道を通ってくるのだ。こちらもその道を通っていけば、難なく行き会える。彼は向かっていった。歩き方が妙で、酔っ払いのようだった。ポケッ

トに両手を入れ、かと思えば唐突にその手をポケットから出す。立ち止まり、また歩み出した。そして木々の下から向こうの日なたを眺めては、もしや娘がやってこないかと探し、また太い光の柱がのぼる森の空き地のほうも眺めた、というのもその空き地が通り道になっていたから。空き地へ近づくにつれ、そこから届くブーンという音が大きくなる。なぜならいまは夏で、とても暑く、空き地には日光が降り注ぐから、虻《あぶ》、マルハナバチ、スズメバチ、トンボなど無数の大きな虫がしきりに活動し、それらの虫の羽はどれも羽ばたく際に振動のようなものを大気に伝えると同時に、脱穀機が遠くで唸るのに似た音を立てる。傘形をしたセリ科の花、堂々たるアンジェリカ、はじかれたように揺れる背の高いビロードモウズイカが、客を迎えては見送り、順々に繁盛しては暇になり、そこには例の唸り声が響くとともに、温かく甘い匂いがこちらの顔に正面から吹きつけてくるのだった。

娘がやってきた、遠くから来るのが見えた。頭だけが出ていた、ラズベリーやブラックベリーなど高く伸びた植物の茂みのなかを道が横切っているので、その茂みから頭部と肩だけがはみ出ていた。

彼は「行かなくては」と思った。進んでいく。茂みの道に自分自身も入り、その道を前へ進む。すると娘の全身が見えた、日光で黄金に染まって全身を現した彼女は、花模様の夏のワンピースを着て、楽しげに大きな麦わら帽子のつばを揺らしていた。花模様のワンピースと柔らかな麦わら帽子に加え、片腕に籠《かご》を提げており、籠にかぶせた布が陽光を受けて輝いている。ジョトランは考えた、「かわいそうに、どうすればいい?……まったくの不意打ちだ。打ちのめされるだろう」そして、のろのろした悲しげな足取りになり、首を傾《かし》げ、そうすることで相手に心の準備をさせようとしたが、「わかってくれるだろうか」と自問した。足を引きずってゆっくりと歩いていき、距離を置いたところから、

「ローズ、聞いてくれ、おれのほうから言わないといけないことがある、そうしておいたほうがいい」

相手から数歩のところで立ち止まった。

「よくないことが起きた」と彼は言った、「そう、悪いことが」

娘は顔色を変えた。

「誰に?」

そこでジョトランは娘のそばまで来て、

「誰って、ローズ。おまえの親父だ」

娘は、

「何があったんです? お父さんがどうしたの」

ジョトランはもはや首を振ることしかできない。

「言ってください」と娘はジョトランの腕を取った、「ねえ……怪我ですか」

ジョトランは答えない。

「なら」と娘は言う、「死んだのね。死んだんでしょう？　そうに決まってます、嘘はつかないで」

ジョトランは答えない。娘もそれ以上、何も言わない。真っ青になっている。

二人は隣同士に並んで歩きはじめた。空き地を抜けて、ふたたび日影にいた。そのとき、彼女は遠くに、まるで気のいい働き手のように横たわっている当人の姿を目に留めた、きれいな緑の苔のなかに安らかに寝そべっているが、たしかに田畑の働き手たちも、日光と蠅《はえ》を避けるため、彼と同じように顔にものをかぶせてひと休みするのだ。しかし、彼女は駆け出した。

「会いたい、会わせて！」

父のそばに膝《ひざ》をついて倒れこんだ。ジョトランは追いかけ、つかんで引き留めようとしたが、間に合わなかった。彼女は上着を脇へのけた。すると、顎についた乾いた血、黒く古びた血の合間に、新しい赤い血があらためて滲み出す。そこで彼女がさっと身を反らすのが目に入る。膝をついて、後ろへ身を反らし、両腕を空に向かって挙げ、またさっと前かがみになり、ポケットから出した色つきの小さなハンカチで、慎重に、懸命に血を止めようとするが止められない、なぜならいくら拭《ぬぐ》っても、涸《か》れない泉のごとく次から次へと湧いてくるのだ。

籠は彼女の脇にひっくり返っていて、中身が布のめくれたところから苔の上へ転がり出ていた。パンひとかけ、ソーセージひと切れ、赤ワイン一リットル、何から何まで無駄な、くだらないもの、死人の役にも立たないし誰の役にも立たないもので、それをジョトランはぎこちなく、ごつごつした手を伸ばして拾おうとしていた。

娘は血を拭っていた。そして

「それは放っておいてください」

と言ってから、また新たに、

「お父さん、ああ、かわいそうに、お父さん」

彼女はかがみこんで話しかけた。長々と話しつづけた。まるで相手が答えられるかのように話した。

ジョトランは彼女を下がらせようと腕を取ったが、ハンカチを握ったまま激しい勢いで身を伏せた。血を拭《ふ》き、血をふさいだ。

「ローズ、聞きなさい、しっかりするんだ。医者がもうすぐ来る、電話したから」

彼女は聞こえない様子だった。そしてジョトランが死人の顔にふたたび上着をかぶせると、彼女はすぐまた脇へどけて、あらためて、もはや見ることのできない目、もはや聞くことの不可能な耳、もはや二度と言葉を発することのない口に向かってかがみこむ。ジョトランはその間、助けを求めるようにラルーを見つめるが、ラルーはジョトラン以上に困り果て、悲しみに沈んで、そこに突っ立っており、その立ち姿は力強いが、力があったところでなんの足しにもなりはしない。

ちょうどそのとき、シャブロが戻ってきて、

「すぐ来る」

と言った。

娘はぱっと上半身をあげ、両肘《りょうひじ》をついて、突如われに返った調子で尋ねた。

「誰が」

ジョトランが、

「医者だ」

「何しに来るんです」

ジョトランは言いよどむ、

「診断して、そのあと連れていかないといかんだろう」

「いやです」

クラクションの音がした。

「断ります、お父さんはわたしのものです。わたしのです」と彼女は言った。「手を触れるこ

とを禁じます」

彼女はもがいた、というのもジョトランが離そうと腕をつかんだから。落ち葉に囲まれて立ったまま、顔じゅう涙に濡れ、口には例の塩辛い味を感じているのを、ジョトランが不器用に抑えようとしているあいだ、医者が近寄って死人を覗きこんだ。

一人の警官が立派な緑の制服に身をつつみ、ベルトに拳銃を提げて到着した。娘は言った、

「お医者さま、お父さんはわたしのものでしょう？　どうしようと言うんですか」

涙が一粒、また一粒と顎へ伝った。彼女は腕で拭う。

「お嬢さん、落ち着いてください」と医者が言う。「救急車に座席があります。あなたに付き添っていただくんですから、引き離しはしません」

「いいえ」と彼女は言った、「このままここに置いてください。お父さんはここに寝ているのが楽なんです。日影だし、苔もあるし」

ふたたびもがき出したが、その間に救急車から担架が運び出され、死人は担架に寝かされた。娘はあとから飛びつこうとしたが、ジョトランが抑えた。すると激しい嗚咽《おえつ》が彼女の胸にせりあがったが、すぐには外へ出せなかった。胸を突き出し、口を開けて空気を入れようとするものの、空気が入ってこず、息が詰まった。

死人は救急車へ連れていかれ、中へ横たえられた。長い灰色の車で、両脇に赤い十字架が描

いてある。彼女はそのまま動かず、倒れそうに左へ右へと体を揺らし、それから口をいっぱいに開けると、とうとう嗚咽があがってきた。

ジョトランは彼女の肩に手を置いた。

「ローズ、聞いてくれ」

ジョトランは相変わらず彼女の隣にいて、短い白い顎髭に帽子なしの姿で、話しかけた。

「ローズ、いいか……十年ほどになる……十年一緒に仕事してきた……十年間、毎日だが、言い合いひとつしなかった」

彼女は泣き止んでいた。聞いているのだろうか。

「十年間友だちで、気の置けない仲間だった。おれは何も感じてないと、そう思うか」

そして彼が車のほうへ一歩踏み出すと、彼女も一歩踏み出した。彼が進むと、彼女もひとりでのように進んでいき、足元の枯れ葉は水の流れる音を立て、枯れ枝がぽきりと折れる音がした。そうやって二人並ぶ、老いた男と、若い女。

年寄りは相手の肩に手を置いて、

「おれはうまいこと言えない。言葉にするのが下手なんだ、だが、ちゃんとここにいる。ローズ、違うか」

彼女はおとなしく連れられていった。

ハンカチはもはや湿った小さな玉となって、彼女の手のひらにまるく握られていた。

眠る娘

La Fille endormie

1946

彼は遠目に、高みから、草原を降りていく途中でその娘を見た。もうすぐ正午。露はすでに灼熱《しゃくねつ》の陽光に飲み干され、わたしたちのまわりを一周し終えた太陽はいまや、わたしたちの頭の真上に、あたかも金輪際、動くことなどないかのように、じっとしている。

見れば草は乾いて、固く鋭くなり、靴の革は初めしっとりして磨きたてのようだったのが、いまは艶《つや》が消えたばかりか、埃《ほこり》っぽくなりかけていて、その間、緑色のバッタがモミの木片を盛大に燃やしたときの火花みたいに顔にまで跳ねあがる一方、灰色で羽が赤いバッタは、彼の前を坂と平行に飛んでいた。

まるで火事のパチパチはぜる音のなかを歩いているかのようで、周囲には真っ白の耐えがたい酷暑が広がり、少し下のほうを眺めると、木々が沼のささやかな水に向かって愛《いと》おしそうに身をかがめている。枝の隙間を覗《のぞ》けば、どことなく傾いた水面が淡く光る。

彼女の姿は、すぐには目に留まらなかった。彼女のことは考えていなかった。むしろ日影に気を取られていた。

さらに近づいたとき、つまり麦が熟しつつある畑のふちをたどり、道に出て、その道を渡ったときになって、彼女は唐突に目の前に現れた。

彼は土手の裏側に腰かけた。靴を脱いだ。

白いシャツと青い粗布のズボンという身なりで、絡んだ靴紐《くつひも》に不器用な指先を伸ばし、結び目を見つけ、結び目をほどく。

音を立てない裸足《はだし》の両足が、気持ちのいい地面に置かれると、彼は土に触れ、土と交信して、その熱さ、冷たさ、柔らかさ、ざらつきを受け止めた。靴は靴紐を使って首のまわりにかけておいた。

用心深く進んでいく。尖《とが》った石が皮膚に食いこむ。その先は生ぬるい砂で、足はふんわりとめりこむが、大事なのは音を出さないこと、というのも思うに、彼女は眠っているから。石を転がさないよう、また枯れ木の切れ端に体重をかけて折らないよう、気をつけること。

そんなことを気にかけながら、進んでいく。あらゆるものがすばらしく安らかだ。あらゆるものが大空の威光のもとに横たわっている。彼女は眠っている。

彼は木の葉をかき分け、二本の枝を脇の下まで引き降ろす。そうやって葉叢《はむら》に窓をうがったところから首を突き出せば、彼女は真下にいる。

厚い唇が半分開いている。きれいで柔らかな緑の草へ仰向けに身をまかせ、片腕を枕にしたとき、彼女に眠りが訪れたのだった。

この娘のことはよく知っていた。アドリエンヌ。大柄できれいな女の子。村で召使いをしている。干し草を返す仕事に行って、お昼の前に入る短い休憩を、大事に使っているのだ。片腕は曲げて首の下に置き、もう片腕は伸ばして、手を開いた状態で体に沿わせている。布のスカートを履き、上衣の留め金を外したところからふっくらした首が出て、そこに太い静脈が走っているのが見てとれる。

少し横向きに寝そべっているので、美しい焦げ茶色に覆われたまんまるく赤い頬《ほお》の、横から見た輪郭が、水を背景に惚《ほ》れぼれとするような曲線を描いている。

そして何よりも目につくのは息をする様子だ、というのも息を吸いこむたびに持ちあげなくてはならない重みがあるからで、体の正面にあるずっしりしたものが、上衣を満たし、ゆっくりとおりていき、またのぼり、その呼吸はまるで世界の振り子のように、命あるものすべての拍子を刻んでいる。

それは揺れる木の葉であり、沼の上のトンボでもある。

なぜなら彼女は斜面になった水辺に、足よりも頭の位置を少しだけ高くして横たわっているからだ。藁底《エスパドリーユ》の布靴をじかに履いた足は埃にまみれ、曲げた膝《ひざ》の上まで剝《む》き出した脚は、熟れたプラムと同じ見事な黄金色に色づいている。さらに上へ行くとベルトがあり、またさらにのぼると呼吸がある。

眠って、息をしている。するとトンボもまた飛びながら、同じリズムで、同じ分量だけ、目に留まらない羽を使って上下する。木の枝の一番細くなった先端も同じテンポで揺れ動く。緑色をした小さなカエルも、まるでバルコニーにいる人々のように水際に肘《ひじ》をかけて、喉を震わすのが見える。

彼は眺めている。彼女はそこにいて、息をしている。鳥は三音で歌い、沼はまるい形をしている。沼には水を飲もうとする人間のごとく、柳や、柳の若木や、ハンノキといった木々がかがみこんで影を落としているので、沼は黒い色に取り囲まれ、岸に沿って切り抜いた黒い影にぐるりと取り巻かれた具合になっている。けれども太陽は中央の安らかな水に差しており、そこに空の一端が雲ともども映っているかと思えば、羽虫が水面をなでて沼全体に震えが走る。アメンボが長い脚に高々と体を載せてスケーターさながらに滑っていくと、水面は少しずつ同心円状に波立ち、円は発した地点からだんだん大きくなって岸まで届いて、岸辺の草が揺れる。彼女は息をしていて、あたりは静まりかえっている。彼女の胸がのぼってはおりる。トンボも、のぼってはおりる。

彼は、見つめている。待っている。「知った仲なんだ。名前を呼ぼう、アドリエンヌ！　と言ってみよう」と思う。でも、そうしたら怖がって逃げてしまうだろう。見ると彼女のすぐ向こうの藪《やぶ》に、たぶんそこから入ってきたのだろうと思われる通り道が開いているので、逃げるのは簡単だ。通りすがりに引き留める暇すらないに違いない。

彼は考える、「知った仲だけど、どう手をつけていいかわからない。といっても、この間の日曜には一晩中、一緒に踊ったんだ。おれは『あまり遅く帰るな』と言われていたし、この娘《こ》だってそう言われていたはずなのに。つまり、気が合ったってことだ……それなら……」

彼女はその日曜日、白いドレスを着て、赤い絹のベルトをしていた。手袋を脱いで、おれに向かって「暑いね」と言った。おれは彼女に言った、「おれの手袋を見ろよ、安かったんだ。太陽が払ってくれた」彼女は笑った。ついてきた。レモネードを飲みに連れていって、それからまた踊った。そしたら、山の上のほうで天窓の明かりがひとつ点いたから、お互いびっくりしたんだ。なんだって！　いまは一体何時なんだろう？

彼は考える。あの娘のところまで、忍び足で降りていこう。女の子相手にはそういうふうにするものなんだ。女がどうしてほしいかなんて、こっちには絶対わからない。男のほうが意志を示さなきゃ。おれが近寄る音は聞こえないだろう。身を伏せて、キスをして起こそう。逃げようとしたら、両腕を広げればいいんだ。

彼は見つめている、彼女はやはり眠っている。邪魔された様子はなさそうだ。雑音はひとつも聞こえない。鳥は歌いつづけ、そのあとに聞こえてくるのは、せいぜいカエルが頭から先に、腕を伸ばして、人間が飛びこむみたいに沼へ飛びこんでいく水音くらい。

トンボは静かにしている。アメンボは静かにしている。ひとすじの日光が静かにおりてきて、丹念に皮を剝《は》いだ棒のように沼の深みに突き入り、水の奥ゆきと、層をなしているのと、濁っているのとが目に映る一方、彼女はやはり眠っている。

彼は思う、「おかしいぞ。眠ったふりをしてる、おれをバカにしてるんだ」

腕のくぼみに載った彼女の頭が、わずかにずれた。

「どう手をつけていいかわからない。女の子相手にこんなことじゃだめだ。思い切って行かないといけないんだ。そばへ行って、隣に横たわろう。話す必要はない、女の子には話しちゃだめなんだ。胴に手を回す、そうすれば手はあっという間につかむべきものを見つける。そしてもう片方の手で、顔をこっちに向ければ、そこにはラズベリーみたいに水気をたっぷり含んだあの唇がある」

彼は前へ出る、何歩か進む。立ち止まる。急に「邪魔しちゃだめだ」と思う。頭の奥にひとつの考えが浮かび、それがなんなのか自分にはまだはっきりとわからないけれど、わかる前に体が動く。だめだ、邪魔してはいけない。あらゆるものが正しく収まっている。世界の美しい秩序を乱してはいけない。

だから、彼はきびすを返す。

正午の鐘が彼女を起こしてくれるだろう。鳥は歌いつづけ、トンボも困らされずに済むだろう。彼女は土手の上で両肘を後ろについて、半ば起きあがった姿勢になるだろう。目をこするだろう、彼女もまた困らされることなしに。まあ！　何時？　わたし、眠っちゃったんだ。

彼は村のほうへ去っていく。前方に鐘塔がある。鐘塔は静寂のなか、青空の中央にすっくとそびえている。塔の時計は空と同じ青で、金色の針がついている。

彼は何も邪魔しなかったから、うれしい。埃のなかを歩いていく。頭上の太陽がいつも通りの行程をたどる一方、道中の彼はほんの少しの短い影をたずさえていて、その影はさらに縮んで彼のもとにうずくまる、まるで守ってもらおうとするかのように。

恋

Amour

1946

大きな赤い星が、なんという名の星なのか、そもそも恒星なのか惑星なのかもわからないが、林の上の、まだよく見えない星屑《くず》の合間、日暮れどきの緑色の空にのぼるとき、彼らのほうも自分たちの光をつける、それは自分たちの手でこしらえた光で、初めは白っぽくほのかなのが、どんどん鮮やかになって、遠くからでも見える四角形となり、さらにどんどん遠い距離からも見えるようになって、谷の反対側の斜面まで届く。台所の窓。畑はひとけがなくなった。彼らは台所に集まる。一人また一人、父、娘、息子、召使いとやってくる。玄関の石畳に彼らの立てる音が聞こえる。一人また一人と入っていく。互いに何もしゃべらない。一人また一人と食卓の両側に並んだ背のないベンチにどしんと腰をおろすが、座る際ベンチを手前に引くので木の脚が赤いタイルにこすれてギイと音を立て、ベンチは両方とも席が埋まった側の端が斜めになり、次いで彼らが斜めになった端を食卓に近づければ、ふたたびベンチは平行になる。そうなると、あとは食べるのみだから、一家の主婦が蓋《ふた》なしの大きなスープ鉢をいっぱいに満たしたものを両の把手《とって》をつかんで運んできて、そこから蒸気がもうもうと頭上の電球に向かって立ちのぼり（というのもうちのほうは電気があるから）、主婦は鉢を主人の正面へ置くと、主人の隣の席に着く。

＊

青年は冬場になると、夕食のあと家畜小屋で過ごす習慣を身につけていた。台所はあまりに大勢で、落ち着いて本を読めなかった。皿類はたらいのなかでぶつかってガシャガシャと鳴り、人間はごちゃごちゃとものを言う。そこで彼は本を小脇にかかえて扉へ向かうのだが、失礼しますとすら言わずに出るときもあった。風に刃向かったり、雨に降られて首をすくめたり、脛《すね》まで雪に埋まったりしなければならなかった。とはいえ、たいして歩かないうちにもうひとつの扉の前へ着き、幅が狭く藁《わら》編みの縁取りがついたその戸を押しさえすれば、たちまち甘い味のする暖かな空気にたっぷりとつつまれた。閉めた戸板の向こうでは風が唸《うな》っているし、いかにも薄い壁板の向こうでは寒気が身構えているが、ここには快い生ぬるさが行き渡り、ものの周りには薄い靄《もや》、四隅や奥のほうには真っ暗な闇、そしてちょうど彼の用に足るだけの明かりをもたらす一台の防風ランプがあって、ふくらんだガラスに鉄の枠を嵌《は》めた姿で頭上の釘に引っかかっていた。片隅の新鮮な藁束に寝ころべば、居心地はよかった。暗がりに何かがうごめく。家畜たちの息の音がやさしく響く。牛が八頭、そのうち背の模様がはっきり見分けられるのは隣にいる一頭だけで、白にところどころ大きな赤いまだら。その先にいる牛たちはもはやぼんやりとした背中と尻の連続にすぎず、たまに体を動かすときだけ暗闇から浮き出すが、すぐに元どおり見分けがつかなくなる。

彼は防風ランプのもと、藁に寝そべって藁で脚を覆い、やはり同じ藁をふたつに折ってひと抱え分にまとめ、枕とした。

一頭の牛が後ろへさがり、また前へ出る。つながれているのだ。

*

ここでは、うまい野菜スープが出る。田舎ならではのあのうまいスープ、薪火《まきび》で何時間もぐつぐつ煮込んで、多様な材料が熱でほどけ、互いに溶けこむことで、舌にとろける滑らかな口触りと、鼻孔をくすぐるいい香りがつくられる。

ものには事欠かない家だ。この家ではすべてを自家菜園でまかなう。この家では四頭の豚を太らせていて、毎年二頭つぶす。だから、少なくとも食事はいい――しがない召使いはそう思う。名はヴィクトール、いまは食卓の末席に座っている。二十一歳で、健康そのもの。シャツの上に袖《そで》なしのチョッキを着ている、というのも夜は冷えるようになってきたから。それでもチョッキの襟《えり》ぐりのところで大きくはだけたシャツからはたくましい首、たくましい上に浅黒い首が覗《のぞ》き、肘《ひじ》の上までまくった袖からは、首よりもさらに黒い筋肉隆々の腕が出ていて、彼は細かい巻き毛の黒髪がかかった狭い額を、残りの全員と同じように、同じ身ぶりで目の前のスープへ傾けていた。しんとしている、なぜなら食事の時間だから。しんとしている、食欲こそがスプーンの音や口の立てる音を通して声をあげるのだから、何も言う必要はないし、あったとしても話せない。いつもと同じ夜の食事。いつものように六人、というのはフランス語を学ぶためにドイツのほうから来た若い住みこみの娘《ヴォロンテール》〔ドイツ語圏の若い女性が一般家庭に住みこみ、無給で家事を手伝いつつフランス語を学ぶ習慣があった〕もいたからだが、彼女はほとんど数には入らなかった。

彼は皿が空になったので、おかわりをした。この家は、少なくとも食べものをケチることはない。スープを食べ終えないうちに、住みこみの娘がキャベツとじゃがいもに豚の頬《ほお》肉を添えた大皿を持ってきたが、これは味のよい部位で、ピンクに白の肉の部分が下になって褐色の皮が上になり、脂でてらてらと光ったところへ長い毛が数本立っているのが目に入る。主人が切り分けて、しっかり厚切りにしたのが各自の皿で湯気を立てる、文句のつけようがない。みんなは食べる。飲みものはピケットだ。ピケットはぶどうかリンゴの絞りかす、干しぶどう、少量の水でつくる。混ぜたものを発酵させると、爽《さわ》やかな味になる。きれいな透き通った黄色がおのおののグラスを満たす。そうなればあとはどんどん飲むだけのことだから、全員が順繰りに飲んでいき、空腹がまずは収まったところで、会話がはじまる。主人が明日の仕事の予定と、分担を話す。ヴィクトールは今年最後の草刈りに行く。じゃがいもの取りこみもまだ残っている。いまは秋、秋がはじまったところで、朝霧の時分だから、外へ出ると綿につつまれた具合になる。前方二メートル先を見るのがやっと、頭上も同じ程度、それでもカラスが鳴くから、何もない空間がそこにひらけているのだと教えてもらえる。「聞こえたか、ヴィクトール」ヴィクトールは聞いていた、はいと答える。「ジュリアン、おまえはブリューヌを馬車につなぐ」ジュリアンは主人の息子で、ブリューヌは仔馬。「わかった」とジュリアンは言う。

これで片がついた、ほかに通常の作業として搾乳、牛乳の運搬、家畜の世話があるが、これらは毎日、常に同じ時刻におこなうので、あえて言う必要もない。全員が食べて、食事は終わりに近づき、夜が更けてくる。そこで、ヴィクトールはいまを逃したらおしまいだと思う。それでも勇気が出ないときもあり、時には顔もあげずに外へ出てしまう。彼は顔をあげる。自分の顔色が変わったのを感じる。見てわかるだろうか？　誰かに気づかれないか？　一度、顔色を変えたあと、もう一度、顔色を変える。はじめは赤くなり、次に青ざめる。腿《もも》の皮膚の内側に熾火《おきび》があるかのよう。冷たい水が肩胛骨《けんこうこつ》のあいだを流れる。

彼は相手を見た。彼女は少しでもこちらに注意を向けただろうか？　そうは思えない。彼女は母親と話している。食べ終えている。こちらには目をやらない。彼はあらためてちらりと見る。金髪だ、金髪でばら色。こういう女の子が好きなんだ。しかもふっくらしている、まさにこういう女の子が好きなんだ！

彼は話しかけたことすら一度もない。会えばこんにちはと言うけれど、相手は応えないも同然だ。ああ、ほんの少しの時間でも一緒にいられたらいいのに、それができない。不公平じゃないか？　彼はうつむく、皿は空だ、グラスも空だ。どうすればいい？

住みこみの娘が食器を下げはじめた。ジュリアンが立ちあがる。父親が「どこへ行く」と言う。「歌の練習」「ずいぶん頻繁にあるな、その歌の練習とやらは」「毎週水曜だよ」ジュリアンは帽子を手に取り、脱いでいた上着を着る。

自分のほうは、このままここにいるのか？　暖かくて、心地よいやさしい明かりがあって、彼女がいる、だけど、だからこそ。近くにいればいるほど、隔たりを感じる。そこで、この瞬間にヴィクトールは心を決める。腰掛の下へ放ってあった帽子を握る。

「おまえも行くのか」と主人は葉巻をふかしながら言う。「どこへ？」

「寝ます」

「それがいい」

彼女は黙っていた。顔をあげなかった。彼は台所を出ると、廊下に沿って進む。目の前に迫ってきた玄関扉を開ける。扉はひとりでに開く。押さえるだけで済む。ビーズと呼ばれる北風のせいだ。こちらへ吹きつけてきて、後ろへ引き戻されるので、逆に前へ体重をかけなくてはならなくて、そうしながら木の戸板をなんとか閉めれば、上には大量の星々が、せせらぎの底の小石のごとく闇のなかで一斉に揺らめいている。

　横へ曲がると、押し戻される。ほとんど何も見えない。さいわい、母屋の壁沿いに農場をまわりこむ石畳の一つひとつの形をそらで覚えている、穴が空いているのも、出っ張っているのも。納屋の背の高い扉の前を通りすぎる。それから、自分の部屋へ向かう階段をのぼる代わりに、別の扉の前に立ち止まるが、その扉は幅が狭く、背が低く、へりにぐるりと藁を太く編んだものを丁寧に釘で留めて寒気の侵入を防いでいる。錬鉄《れんてつ》の把手を勢いよく回す。すると別の季節だ。後ろ手に戸を閉める。別の季節、まるで今年の月日をさかのぼって、八月の嵐に先立つ暑い日中に戻ったかのように、酸っぱいと同時に甘い、深々とした匂いが頭のなかではじけ、鼻孔に吸いこまれ、口のなかでひとつの味わいとなる、そして手でさわれるほど濃い暗闇が、手元にも、体のまわりにも、前にも、上にも、煤《すす》の山のごとく積みあがっているから、地中のモグラ同様に突っこみ、穴を掘っていかなくてはならない。

　マッチを一本擦り、防風ランプを点すと、その炎で木の柱に吊り下げられたランプのかたちが目の前に現れる。家畜小屋だ。八頭の牛と二頭の馬。そしてランプの下には空いた場所があり、新鮮な藁束が彼を待ってくれているかのようで、実際待ってくれている、というのも束ねた帯をこの手でほどけば、藁は真ん中がくぼんだ姿を自ら差し出し、あとはそこへ倒れこめばいいだけなのだから。

眠るのにいい場所だし、考えるのにもいい場所だ。一列に並んだ背の天辺をランプが淡く照らし、ところどころ背が欠けているのが、あたかもピアノの鍵盤が押されているかのようで、また並んだ尻はところどころ寝藁へ横倒しになっている。

鎖の音がする、やすりの音がする。牛たちの反芻《はんすう》する音だ。柔らかいものが落ちてつぶれる音が聞こえ、また突如、水の流れる大きな音と、それからやさしい息づかいが聞こえて、そのあとは、濃い空気のなかにあちこちから響くものといえば、ゆっくりした呼吸音だけになる、かと思うと仔馬がばたつき、次いで仔馬はおとなしくなる。

彼の隣には、生まれたての仔牛がいて、母親から引き離され、彼のところからも縦に置かれた板で隔てられていて、仔牛は板の上から時々顔を出しては、脇へぱたりと倒れる、まだ脚がしっかりしていないから。

彼のほうは、腰を落ち着ける。仔牛に向かって「放っといてくれよ！」と言う。藁のくぼみを自分に合わせ、自分のために誂《あつら》えてくれたかのようにそこにあったへこみを広げた。ポケットから、赤と黒の表紙で『いけにえの女』という題名の小冊子を取り出した。片腕を枕にして、ページを明かりのほうへ差し出しつつ、いけにえっておれのことじゃないか、と思う。頭がぼんやりしすぎて、読めないことに気づく。

文字が目に入らず、見えるのは彼女の話す姿、笑う姿で、口の横のほうにある歯が一本、ほかより尖《とが》っているのも見える、あの歯は欠けているのだろうけど、本当のところはちっともわからない。これって不当なんじゃないか？　藁の上で体をずらす。

居心地が悪い。暑すぎるし、いやな臭いがする。こういうのって不当なんじゃないのか？　ここには糞尿《ふんにょう》をする家畜たちがいて、それでこの時間に、彼女のほうはどこにいる？　そこで彼は額の皮膚に皺《しわ》を寄せ、両目のあいだにうんと力をこめて彼女の姿を想像した。

ああ、素敵なきみ！　来たんだね。きみに話しかけることさえできたらいいのに。こうして話しているけれど、それはおれのなかでやっていることだ。習った言葉をきみに向かって言う、絵葉書に書いてあるような言葉だけど、そういう葉書には粉がまぶしつけてあって、暗くなると光るんだ。

ああ、素敵なきみ――こんなふうに声に出して耳元に話しかけたい、もし話しかけることさえできたなら。だけどおれに言えるただひとつの言葉は口のなかで早々と死んでしまって、唇という柵を越えられない。沈黙の言葉だ、そんな言葉が数に入るだろうか？　おれは家畜小屋にいる。きみへ向けた声にならない語りを藁の上へ広げている。不当じゃないか？　せめて会うことができたなら、せめて一度だけ待ち合わせができたなら。

彼女の姿が見える、彼女はここにいる。おれはきみに「エセールの林、小川が滝になってるところ」と言ったはずだから。彼女はおれの隣に横たわっているはずだ。夏のワンピースを着て。腰のくびれたところにできた隙間が、こっちの腰の出っ張ったところとぴったり合う。首が見えて、首の付け根にちょっとへこんだところがあって、そこに筋があるせいで皮膚がぴんと張っているのも見える。両腕に見えるふわふわした産毛が、雨のあと太陽が輝くと畑の刈り株の上に漂う黄金色の霧のようだ。さあ、こっちに近づいて。そうしていいんだ、禁じられてなんかいない、逢《あ》い引きできる仲なんだから。ここは気持ちがいい、二人をつつんでくれるツルニチニチソウは、深緑をした厚い絨毯《じゅうたん》のところどころへ空のしずくが落ちたかのよう。おれは彼女の手を取って、柔らかな手首の肌を親指でなぜる。

いや、違う！ だってそんなのは偽物だ。藁の上で寝返りを打つ。

嘘をつけ！ 彼女じゃない、でっちあげだ。彼女はここにいる、けどここにいない。空気のなかにはいない、おれの頭のなかにしかいないんだ。

で、と彼は考える、本物のほうはどこにいるんだろう。いま何をしてるんだろう。おれのことを少しでも考えているだろうか。

そこで、外していたチョッキのボタンを留め、髪を手で梳《す》いて藁くずを落とすと、立ちあがる。小屋には戸がふたつある。ひとつは母屋の玄関に面し、もうひとつは木の植わった土手に面している。彼は秣棚《まぐさだな》につながれた家畜の後ろをずっと通っていく。一頭の馬が横になっているのを、尻にきつい一蹴《け》りを入れて立ちあがらせる。「立て!」すると老いた牝馬は通り道を半分塞《ふさ》ぐ。彼は轡《くつわ》をつかんで激しく揺さぶる、「さがれ! わかったか、おれを通せ!」その場にいた一同を起こしてしまった。家畜は一頭ごとに眠りから目覚めて鳴き出す。のっそりとうごめく。彼は裏口の扉を開けて身をすべらせ、台所の窓のところまで来る、すると、鎧戸《よろいど》が半ば閉じられ、金属棒で固定されているとはいえ、左右の戸のあいだに隙間があるので、中から見られることなく覗くことができる。彼は暗闇にいて、闇によって消されている。逆に、台所のランプの下にいる者は、明かりによって細部まで鮮やかに映し出されている。彼女がそこにいる。主人は新聞を読み、主婦は布巾を手に行き来している。彼は二枚の板の角に顔を押しつける。彼女がまさにそこにいる。書きものをしている。彼は見つめる。彼女が赤い木製のペン軸を浸すインク壺《つぼ》はラベルがまだついたままで、まるで商店から持ち帰ったばかりのようだ。目の前に紙が置いてあり、文をひとつ書いては、顔をあげて考えこみつつ、ペン軸の先を噛《か》む。そして彼には見える、といっても離れた場所からだが、あの肌が、髪のつやが、ばら色の肘が。「まったく! こんなの不当じゃないか? ああ、まったく」と考える、「どうして世の中はこんなにまずくできてるんだろう? おれは何も持たないのに、あのひとは金持ちだ。そのせいでおれは話しかけることも許されない、そのせいでおれは人前でまともに見つめることすら気が引けてできない。もしおれが話しかけても、聞く耳を持たないか、笑い出すだろう。もしおれが見つめたら、背を向けるだろう。いま手紙を書いている相手は誰だ？　おれじゃない、ほかの誰かだ」すると銅製フレームのランプが彼の視界でゆらゆらと揺れはじめ、食卓が傾き、少しずつほどけて、霧状のものになり（頭のなかで起きていることだ）、その間、彼自身は体がふらついて、たまらず鎧戸につかまったのち、闇のなかに投げ出されて二歩あとずさる。頭上では星々が、クルミの木と屋根のあいだから眺めている。そうして彼はよろめきながら家畜小屋の戸まで進む。低い天井と敷石のあいだに立ちこめる霞《かす》んだ空気のなか、ずっと遠くの奥まったところに、防風ランプの明かりが形の定まらない染みをつけていて、ふちへ行くにつれ光が弱まっていくのが、霧のなかの月に似ている。紙のこすれる音が聞こえる。ポケットのなかの小冊子だ。これもまた、偽物、ひとを騙《だま》すためのもの、でっちあげ、作りごと。彼は小冊子を遠くへ投げ捨てる。

　仔牛が板の上から首を伸ばす。ほんの生まれたばかりで、まだ毛が濡れている。大きすぎる脚で立って、よろよろしている。こちらへ向かって、よだれを垂らした鼻面と、白いまつげに縁取られたまるい大きな瞳を近づけてくると、その瞳には濁った影のようなものが溜まって揺らめいていて、泥が水中に浮遊するときを思わせる。

　青年は仔牛に言う。

「なんだよ」

青年は藁に腰をおろした。

「おれのこと知ってるのかよ。興味あるのかよ。おれと同じで居心地悪いんだろ、つまらないんだろ。こっち来な」

腕をひょいと動かすと、仔牛が寄ってきた、友情のしるしを見せるかのように。

そして彼は、仔牛の額にあるふたつの小さなばら色の出っ張り、つまりいずれ角《つの》が生える二箇所のあいだを掻《か》きはじめた。

三つの谷

Trois vallées

1946

あなたは石の上に座っている。前かがみになり、両腕を膝《ひざ》にのせて、耳を澄ます。誰もいない。風が通りすぎる。もっと注意して聞き耳を立てよう、そうすれば静寂の奥底に、あの微かな音、乾いた土に枯葉が擦れるときのような音が聞こえてくる。

それは向こうのはるか高いところ、あそこにある灰色の尖《とが》った峰のすぐ下、まるで洗濯物がずらりと干してあるように見えるあたりから来ていて、どの細道にも、どの山襞《やまひだ》にも、端のほつれた白いシーツが雫《しずく》を垂らし、そこからせせらぎがはじまる。そうして無数の水流が平行に流れ、最後に谷底に流れこむところは、まるで木の葉の左右から中心へ合流する葉脈のようだ。

あなたは夜明け前に出発した、これから五、六時間は歩かなくてはいけない。ここでは、歩くとは、登ることだ。ここでは、歩くとは、できるかぎり膝を高くあげて、前へ倒した胸元に近づけることであり、その胴体を苦労しながら立て直すことだ。ここでは、歩くとは、闇から少しずつ身を引きはがして、太陽に出会うべく上昇していくことだ。ここでは、歩くとは、まず森のなかにいて、それから森が衰えていくように仕向け、しまいには森を歩き尽くして、険しさを増すばかりの斜面に、いじけて粉を吹いた貧相な木が点々と散らばるだけにしてしまうことだ。木々は諦めるが、あなたは降参しない。

あなたは草地をあとにして、転がる小石の只中にいる。石の層は足下で動き出す、けれども石は後ろへ向かい、あなたのほうは前へ進む。

あなたは日光のなかにいる、青空のなかにいる。太陽は真正面、あなたとほとんど同じ高さに、岩でできた峰つづきの、ある峰の背後から出てくるが、それらの峰は山脈のくぼみによって互いにつながっていて、そのため歯の欠けた鋸《のこぎり》のような輪郭を空に描く。あなたはよい空気のなか、青のなか、純粋なもののなかで、すべてを取り払い裸となった地上にいる、というのもここでは地面はもはや地面以外の何物でもなく、鉱物の姿をして、覆いも仮面もつけていないからで、しかし何か金色とばら色を帯びたものが新たな衣装のごとく、あなたの元へやってくる。

ここは谷の生まれるところ。ほんの少し流れる水の、右から来るほんの少しと、左から来るほんの少しが合わさり、ともに第三の方角へ流れていく。

そういう谷が、三つある。ここは三つの谷が分かれるところ。三つの頂、三つの巌《いわお》の棘《とげ》、そしてそれぞれのふもとに、生まれるものがある。平地にあるような泉ではない、地底から湧き出す水ではない。秘密はどこにもない、何も隠されていない。すべてが目に見える。あちこちの雪溜まりが、それぞれ先端から何か自分自身のつづきのような、動くものを発していて、それは雪の一端のよう、雪の表面そのものを細く引き延ばしたもののようで、細長く延びていき、日を受けて雪と同じように光る。そのうちに音が大きくなってくる。太陽が昇るにつれて、水量が増えるからだ。水はかたまりをなして駆けおり、角《つの》で突こうとする牡牛のごとく頭を低くして前へ突き出し、障害物に攻撃をしかけ、えぐり、突っこみ、執拗《しつよう》に攻める。一分ごとに、少しずつ先へ。その一分が積み重なって、しまいには何百年にも何万年にもなる。昼も夜もずっと、同じ根気よさでつづけて、水は自分の重みが命じるまま、遠い海まで道を拓《ひら》いた。こつこつと念入りに岩を削り、粉々になった山を流れに載せて運びつつ、遅くまた速く、轟々《ごうごう》と、静かに、あらゆる障害にぶつかりながら、道を拓いた。

そしていま、ここからその仕事の結果が見える、あの三つの谷、もつれ合う連山のなかに水が少しずつ掘った三つの深い畝《うね》が。

石が転がるのが聞こえる、ひゅっと音を立てて岩に落ち、砕ける破裂音が聞こえる。積もった雪が時間をかけて緩やかにすべり落ち、しまいには雷鳴に似た音を立てるのが遠くに聞こえる。さらさらと流れる水の音が聞こえて、それから何も聞こえなくなる。するとそこへ聞こえてくるのは、空気が岩の割れ目を通って歌う歌、誰かが笛を吹いているみたいな歌声だ。

＊

あいだに築かれた堡塁《ほうるい》によって、三つの谷は互いに隔てられているから、どのように連なっているかを一目で見渡すことはできない。起点から終点までの姿を垣間見せてくれるのは、あなたの真下、あなたの見ている方角にある、この谷ひとつきりだ。眼差しはこの谷へ分け入り、連れていかれる。最初の窪地《くぼち》が来る。眼差しはひょいと飛んだのち、くらくらしながら一段低いところへ着地するが、飛んだときに通り抜けた青い空気のヴェールは、薄い煙のように谷の両側の斜面に漂っていて、その片方、東向きになった斜面のほうは、燦々《さんさん》と降る陽光に恵まれ、ふもとが森をまとっているためほのかに明るんでいる一方、木々のない上のほうは鮮やかな緑色に輝き、そのなかに白と茶色の村々がおとなしく座っている。村はどれも円形だ。窓ガラスの照り返しが、砲弾が当たったかのように見える。屋根からは靄《もや》が立ち、その動く青が、遠くの動かない青と混ざる。そして目が村から村へと降りていき、ついに三角形をした幅の広い切れ込みが平野に穿《うが》たれているところまで来ると、そこに川があり、道路があり、鉄道路線がある。

ここの連中は運がいい。この谷へは簡単に行きつける。電車があり、それが金を、つまり観光客をもたらす。村の人々は日差しを、おいしい空気を売る。呼吸し、眺め、景色に感嘆する権利を売る。おまけに家畜にたっぷり餌《えさ》をやれる、草は豊富だし、ライ麦畑もたくさんあって、そうした畑を人々は村の周囲の日当たりのよいところへ、色つきハンカチのように留める。彼らはホテルを建てる。数スーの価値しかなかった草地が、建設用地となり、メートルあたり十フランで売れていく。

＊

だが、東のほう、あなたの右手にある谷に住む人々もいる。目には見えないが、気配を感じる。彼らとわたしたちの間には、起点から遠ざかるにつれぐんぐん高くなっていく山並みが連なり、彼らはその向こうにいる。彼らは、平行するふたつの山脈の狭間に深々と嵌《は》まりこんでいて、山脈の一番上のギザギザした稜線《りょうせん》のみが、太陽の訪問を受け、熟した麦畑のような黄金色や茶色に色づく。人々は、見あげなければいけない。光は橋同然に頭上をまたぎ、彼らは橋の下にいて、体は冷える。脂を抜かない焦げ茶の羊毛で作った分厚い服を着て、ポケットに手を入れ、上のほうを見ながら言う、「いい天気だ！」そして言う、「さて、そんなら、どうする？ 今夜にするか？」「よしきた」と答える。貧しいから、彼らは出発する、三十キロの包みをしょって。これらの包みは蠟《ろう》引き紙で大事にくるんである。雨が降るかもしれないし、雪が降るかもしれないし、煙草《たばこ》は値が張るからだ。

包みを背負い籠《かご》に入れる、それぞれ自分の籠に。夜が来るのを待つ。四人いる。この行程をこなすには、足元の悪い騾馬《らば》道を通るしかなく、途中からは道自体がない。彼らはわたしたちのいるほうへと登ってくる。近くには峠があり、峠の向こうは異国だ。通りかかるのを待ち受ける税関吏《り》がいるが、税関吏がいようと通るほかない。なぜなら彼らは貧しいから。なぜなら彼らの谷は狭く小さな悪い谷で、何も生えないし、何も惹《ひ》きつけるものがないから。そこで彼らは煙草の葉をキロあたり五フランで買い、キロあたり十五フランで売る、そして品物がうまく渡って、すべて順調に行けば、一包み三百フランの儲《もう》けになる、ただうまく行くかどうかが問題だ。日暮れに出発する、四人で。脚絆《きゃはん》をつけ、耳を覆って顎《あご》のところで留める目出し帽をかぶっている。黙って縦一列に歩く。二番目に行く者の頭の高さに、前を行く者の足がある。靴に打った鋲《びょう》が顔の横で岩にあたって唸《うな》り声を立てる。だから彼らはまず話さない。

登りがきつい、幅が狭い。峡谷のふちに沿って歩くが峡谷は見えない、ただ察することはできる、冷たい空気が流れてくるから。峡谷もまた唸り声をあげており、その声は左手のほうから彼らのもとへのぼってきて、一方彼らは森のなか、次いで森の外を、自分たちでつけた梯子《はしご》を使って登りつづけ、時に懐中電灯を点ける、するとうろこのついた蛇が道をふさいで身をくねらせているのが見える、と思いきや木々の根っこだ。そして、赤く光る円柱に囲まれた円形の部屋が、移動したり変形したりしつつ、ぱっと自分の周囲にくっきり浮かびあがっては、また闇へ帰っていくのが見える。

　彼らは森を抜けた。わたしたち自身のいる地域、すなわち広大な牧草地が広がり、その上に岩壁と、さらに先に一連の山脈がつづく地域が見えるところまで来たが、その山脈のなかに彼らの目指す峠はあって——先は長い——しかしここでは一旦、ほぼ平らと言っていい土地を進んでいくので、彼らは弾力のある柔らかい地面を踏みしめる。いまや彼らは闇のなかにいる、闇のなかで闇の一部をなしている。月はない、星もない。見あげても、雲に覆われた黒い空が動いていくのがぼんやりと見えるだけで、雲の形も、ぶつかり方も、雲の割れ目に宿る明るめの色調から見分けるしかない。

　彼らは、ふたたび登りはじめる。空が低くなり、彼らは空のなかへ分け入る。雲が降りてきて、彼らは登っていく。腕を伸ばすと、もう腕がない。自分の体を見渡すと、はじまりはあるが、終わりはない。霧のなかにいるわけだが、かえっていいのかもしれない、税関吏のことを思えば。歩く彼らは幸いなことに、土地の起伏、地面の特徴、道に点在する岩のかたまりの一つひとつを知っている。ただし、いまは手で探り、当て推量のようにして近づき、長いこと周囲をめぐってはじめて目当ての岩にぶつかることができる。「おお、おまえか」と彼らは言う、「なら、ここで左へ折れないと」

　霧があり、次いで風、ただしこの風は霧を散らさない。霧、風、雪。高山のなかの四人の男と、霧、風、そして雪。雪の予兆は目に見えない。すでに来ている、肌に感じる。上から降ってくるのではなく、地べたからこちらへ向かってくる。まるで顔に砂利を投げつけられるかのよう。鼻に入り、皮膚がチクチクする。息ができなくなる。背中に三十キロ。おまけに登攀《とうはん》がきつくなってくる。

互いを探すが、見えない。呼び合うが、聞こえない。吹きすさぶ風のなか、岩の突起に靴の爪先の鋲だけを噛《か》ませて平衡《へいこう》を保ち、高く挙げたほうの手でその辺の頼りない手がかりをつかんで持ちこたえる。貧しい谷の四人の男が、煙草の葉を背負い、暮らしを立てようとする。国境が近づいてきた。

上のほう、それほど遠くない位置に、山の背骨の沈んでいる箇所が、空を背景に茫漠《ぼうばく》と見てとれる。そこが通るべき場所だ。「よし」と彼らは言う、「あそこだ」互いを見つけ、体を寄せ合う。耳元に何か大声で言い合う。一人がポケットから酒の携帯瓶を取り出し、全員でまわして、一口飲む、そうやって温まる。「さて」と言う、「行くか?」いまや、彼らは岩壁に面と向かっている、まるでサクランボの季節に梯子をかけて桜の木に登るときのように。一人目が足をあげ、上へ向かって動くと、二人目があとにつづく。少し登っては一旦止まるという、断続的な動きであがっていく。結び目のある縄が宙に揺れるかのよう。ひとつの結び目が、一人の人間に相当する。彼らは上へあがる、さらにあがっていく。山脈の頂上に着いた。彼らは風と雪に背を向けていて、片面は白く、もう片面は黒い。ぴったりと体をくっつけあっている。互いの体から少しずつ温かさを借りている。

＊

三つの谷のうち、三つめ、真東のほうの谷の住人は、数に入らない。この谷に住む者はいない。切り立つ崖に挟まれた細道で、山塊に接している。山に剣の切れこみが入ったようなものだから、人間は住めない、死者しかいない。

谷のはじまりは高いところにある漏斗《じょうご》状のくぼみで、そこに氷河が引っかかっている。氷河の連続砲撃が聞こえてくる。というのも、氷の大きなかたまりや、子どもがなめる砂糖の棒のような先の尖った氷塔のかけらが、絶えず崩れ落ち、狭い崖の隙間に積み重なって、その内側に水が溜まるのだ。

土地の働き手をそこへ送って、常に人を脅かすこの堆積を抑えこむため、堰《せき》や堤を建てようとしたこともある。働き手たちの姿をふたたび目にすることはなかった。つぶされたか、連れ去られたか、埋まったか。とはいえ、彼らは戻ってくる。

煙草を運ぶ連中は見た。ひと休みして息をついているときに。上のほうから見た。頭しか見えなかった。沈黙と大いなる闇のなか、何か白いものが崖のへりからはみ出ているのだ、塀の上から顔を出して眺めるときのように。その白いものは、また身を隠す。包帯を巻いた頭に似ているのだが、ただ、と荷運びたちは言う、頭だけで、体まで全部見えることは決してない。ひょっとするとやつらのほうがこっちを、つまりやつらのほうを見ているこっち側の者を見て、生きている者を怖く感じたのかもしれない、それとも悔しいのか？　ともかく、すっと現れては、すぐにまた隠れるのだが、そこには深い静寂が広がっていて、聞こえるのはただ、時々誰かが話そうとしているかのように転がる一個の石、あるいはまた、気管支炎にかかった老人が出すような、ひとつの咳《せき》の音だけなのだ。

田園のあいさつ

Salutation paysanne

1921

最初に見えた木は、彼には見知らぬ木に思えた。林から出てきたときのこと。まあいい、歩み寄ろう。そして、「やあ！」「こんにちは、木さん。何もかもこんにちは。どうしました？ともかくこんにちは！」あの娘《こ》を残してきた場所は、背後にもう見えなくなってしまったけれど、自分が知っているあの娘、腕に抱いてキスをして、またキスをしたあの娘は、それでもまるで一緒にいるかのよう、隣を歩いているかのよう、腕を預けてくるかのよう、腕を引っ張ってくるかのよう。歩んでいくこの楽しさ、この弾む気持ち。差し出す右手のなかから鳥が飛び立つ。演説するかのごとく手を差し出すが、実際胸のなかで一種の演説をぶっている。「こんにちは！」「やあ、こんにちは。こんにちはって誰に？　何もかもに！　そしてあの娘にもこんにちは、やあ、彼方にいるきみ、だってきみは受け入れてくれたから。抱きしめたきみ、知り合ったきみ」

それは向こうにあるあの場所、細く背の低いモミが本当にたくさん、本当にぎっしり生えたその下で、苔《こけ》があまりに緑色なので、こちらは苔に照らされている気すらした。それ以外の光はなかった、日光もほとんど差さない場所だから。で、そのあいだ、刈り入れをする者は刈り入れをしていたんだ。やあ、いまさらながらこんにちは、畑のみなさん、あの時間、こちらはいなかったものですから。仕事のことが頭になくて。

ぼくらがあそこにいるあいだ、みなさんのことは頭になくて——と帽子に手をかけ——こちらは勝手に日曜で、みなさんは平日でしたから。もしぼくらがみなさんを目にしたなら、笑ったことでしょう、だってみなさんはまだ平日なんですから、それに、向こうのあの場所の周りで働く人々だって、平日の服を着て、平日の心で過ごしていました。

だけど、ぼくらのほうは、その間に知り合ったんです。

そして新たに、「やあ！」

知り合ったんです。そう彼は言う。

立ち止まらずにいられない。眺めずにいられない。知っているのに、いまや見分けがつかない、何もかもが変わってしまった。進んでいる方角が間違っていないか確かめなくてはならない、そこで彼は水辺のほうや周囲一帯を見まわして、方向を確かめる。すると、いままでになくずっと遠くのほうまで見えているかのようなのだ。

まるで両目でもって四方にはだかる仕切り壁を押しやるかのようなのだ、北も近すぎるし南も東も近すぎるし西もそうだから。北も南も東も西も、ぼくらを退屈させ、妨げていたから。

彼は知っている。

狭すぎたんだ。

それらの仕切りに、彼はげんこつを一発みまう。いまや新しいものを詰めるのに必要な場所が充分にある。それで、一体なんなのかと言えば、ぼくらは日曜を過ごしてるんだ。ついさっき一緒にはじめたところ、一緒に何度もはじめたところなんだ。はじまりなんだ。

平日は、なんだか小さいもの、あまり素敵じゃないものだ。大体そんなふうなことも、彼は思った。

だからこそ、まだ理解はできないながらも帽子に手をかけ、この美しいものにあいさつし、この新しいものにあいさつする。

やあ、みなさん、やあ、何もかも！

彼は林から出てきたところ。こんにちは。帽子に手をかける。

鳥が飛んでいったのが、彼の帽子から出てきたかに見える。そして鳥は遠くにある洋梨の木の梢に止まる。袖《そで》の下を畑が流れていく。首を反らすと、前方に山が、連なる峰や屋根を越えて、高く高く、空の頂へと伸びていく。そこでもう一度、やあどうも、すべてのものへ、これらのものへ！　それからきみに、と彼は思う、とりわけきみに！　あそこにいるきみ。別れてきたけど別れていないきみ。お別れしたように見えるかもしれない。ところが、離れようとしたって、もう離れられないんだ。一緒でなくなったときに、ますます一緒にいる。ぼくの隣にいたきみが、いまは、ぼくのなかにいるんだから。したがって彼は力に満ちている。

列車がやってくる、すいっと進んできて彼の左手を通る、あたかも草地の上に鉛筆で黒い直線を描くように。——するとあの娘、あの娘がこの景色のなか、この草地のなかにやってくる、ぐっと身を傾《かし》げて（混ざっているのだ）、ぐっと、なんて言うんだろう、バカにしたみたいに、笑い上戸みたいに、でも泣いていて、涙がひとすじ頰《ほお》を伝うのを拭《ぬぐ》おうともしない。なあ、おい、意地悪したか？　ねえ、こっち来いよ！　いやよ、と首を振る。いやなの？　そう、それなら……。ここで列車は行ってしまった。

あの場所にいて（やはり、混ざっている）、あの場所にいるのに、同時にここにもいる。彼女はラズベリーを摘むのを止めなかった。いやよ、と言っていた。泣いている。一巻の終わり？　とんでもない。女の子ってのは、こんなふうなんだ。逢《あ》い引きにこの場所を選んでよかった。イバラの茂みの合間にほんの小さな小径《こみち》があって、知らないと見つけられない、そしてもし誰か来るのが聞こえたら、両脇は隠《かく》れ処《が》だらけだ。

白い陽光がナラの木々に差していて、幹は灰色と白、葉は片面が砂色で、もう片面が黒だった。

それと蝶《ちょう》。それとマルハナバチ。それとミツバチ。虻《あぶ》、蠅《はえ》、またマルハナバチ。いやなの？やっぱりいや？　こんにちはお嬢さん、まったくもう！　あいさつのはじまり、はじまりのはじまり。色ガラスめいた湖のかけらがモミの枝間に見える。
彼は歩く、ふたたび見る、同時に外と内を見る。それができる心の力、人間の力！　あそこ
とここ。後ろのほうと前のほう。
あの場所というのは、あの娘がいて、いやだと言ったときのこと。あの場所というのは、あの娘が指先をわけもなく小さな果実で染めていたときのこと。「ルイーズさん、だって、あなたにそんなふうにされるとは思わなかったから」「つらいお気持ちになるでしょうか」「それはもう、とてもつらい気持ちになってしまいます……」そうしたら突然、身をまかせてきて。急にぐんと大きくなって、急にぐんと長くなって。ルイーズ、いい娘、大きな娘、やさしい娘。急に長々と伸びた娘。腰かけて、でも腰かける以外のこともして、そして新たに笑った、笑ってくれた、泣いていたのに、といっても家の許しは得てあったんだ。それは二人ともよくわかっていた。その気になればいいだけなんだ。まっすぐ進めばいいだけなんだ。この手を握り、手首を、肩を、肩以外を……。だから、やあ、あそこにいるきみ！　と振り返り、小さな林が遠ざかるのをもう一度目に入れて、次いで道を歩いていく、両のポケットに手を入れて。そして彼は果樹園の向こうにある村、これから行く村を、空中へ持ちあげる、つまり家々を目にょってひとまとめにし、自分のために新築同様に作り直す、といっても屋根は新しいとは言えないけれど、それでも自分のために化粧し装ってくれたことにする。家々は自分のために化粧し

てくれた。化粧してくれた甲斐《かい》はあった。だって今日なんだ、今日なんだよ！

だからこんにちは、何もかも！　やあどうも、何もかも！　そしてさらにこんにちは、さらにどうも、みなさん、ここにあるいろいろなもの（自分の里にあいさつしつつ）、家々、クルミ、木々のあるところ、木々のないところ、緑色のところ、灰色のところ。集まってきたクルミの大木たちにあいさつし、道の反対側の斜面にあいさつし、目の前に近づいてくるものにあいさつする、つまり砂利採取場、墓地、道端のブラックベリーの茂み、湖の上の太陽がつるしを振るうようにして繰り返し強く水面を打った跡が白くなっているところに。死者たちのいるところ、生者たちのいるところに。さらにそれらの死者たちと生者たちにあいさつする、またもや彼女を混ぜこみながら。

なぜならいまやあらゆるものが一緒に来て、あらゆるものがここにあり、そして彼女がここにいるのだ。

「世界はどこからはじまってどこで終わるんだろう？　そしてぼくは、どこからはじまってどこで終わるんだろう？」そう彼は考える。

彼はあらためてあの大柄な体を自分の前に寝かせてみる、あの体を知った、抱きしめた、くまなく駆けめぐった、それはいまこうして地上の美しいさまざまなものを見渡しているのと同じことなんだ。となると、あそこにあるのは丘なのか、それともあの娘の肩？

あそこにあるのはあの娘の腕のまるみなのか、首を片側に傾げて、腕を曲げて、片手にぴたりと頬を載せたときの？

首を傾げて、腕を曲げるから、肩がまるくふくらむ。その肩があそこにあるのかな？

するとその肩が持ちあがった。——いまや目の前にすっかり彼女を寝そべらせ、これらの地上の美と彼女とを混同しつつ。きみ、きみがあちこちに！　やあ、きみ！　やあ！　そしてもう一度、やあ！　おっと、きみは誰？

というのも湖が動き、あの娘の胸が上下するときと似た身ぶりを見せたのだ。

少しの風が草のなかへ入ってきたのが、まるであの娘の後れ毛が揺れるときのようで、目がなでられ、まるで指が柔らかいものに触れるときのように、目が柔らかさを感じる。

きみは誰？　ともかく、やあ！　やあ、きみ、すなわち万物！

そこで彼はよろけ出して、転びそうに見える、でも大丈夫！

そしてもう一度、帽子を脱いで空へかかげる。なんにせよ、やあ！

そしてさらにもう一度、「やあ！」

漁師たち

Pêcheurs

1921

うちの窓のすぐ下、わたしのいるところから十五メートルは下った位置に、青い色のなかを舟がやってきて、わたしはそれを上から見おろす。

朝の七時か八時ごろ。二人の漁師が中にいる。そしてこの舟は青のなかをやってきて、さらに近くへ来る、近づいてくる。すると親方が座席の下から一リットル瓶を出した。

漁師たちの喉が渇きはじめるころなのだ。彼らはやってくる。

この辺のぶどう畑の働き手は、漁師たちにワインを売らない、自分たちでも持っていない。手持ちのピケットを売るのだ。

地主ではなく、ぶどうを所有しているわけでもないから、自分たちに売れるものを売る。値段については、まあ、相談だ。物々交換にすることも多い。

ピケット一リットルか二リットルに対して、たとえばローチ〔コイ科の淡水魚〕半キロ。親方は座席の下から一リットル瓶を出して、捨石《すていし》へ跳び乗る。

次いで家に面した土壇《どだん》の下、橋状になったところをくぐる。すると別の一人（ぶどう作り）が、上のほう、段々畑の別の段のへりに姿を現す。「よう、来るのが見えたよ、元気か？」

ドラキュイジーヌだ。太った男で、シャツにズボン姿。親方は痩《や》せ型で、裸足《はだし》で、綿の肌着。腕も、足も、首も剝《む》き出しで、どこもクルミ液にくぐらせたかのよう。「まあ元気だよ、そっちは?」と言ってから、瓶を差し出す。

「急いでくれ! もう辛抱できん!」

＊

たしかに、朝の四時か五時から入り江で漁をしているのだから、喉が渇くのも無理はない。太陽はまだあがらない。

この涼しさに、はじめは騙《だま》される。が、そう長くは騙されない。

急斜面はまだ闇のなかだが、背後でお日さまが仕事しているのを感じる。向かいの山々は、すでに日光で明るんでいる。

サヴォワの連中はもう照らされている、ということは、気をつけろ! もうすぐ来るぞ、待っていろ!……漁師たちは、この黒い油の上にじっとしている。

周りには、舟も揺れないほどの小さな襞《ひだ》がひとつふたつ寄る程度。だが、気をつけろ! もうすぐだ。ぶどうに囲まれた村々はまだ無色、だが気をつけろ! 闇のかたまりのような大きな斜面の後ろで、こちらの目には見えないが太陽は仕事をしている、気をつけろ！　両手両足でよじ登っている。気をつけろ！……ほら、もう頭の先が見えてきた、子どもが壁の上から覗《のぞ》き見するときみたいに。

＊

そして、喉の渇きが先に来て、仕事は後から来る。

ほかの者なら、女たちが全部用意してくれる上に、出かける前にコーヒーまで淹《い》れてくれる。おれたちは自分だけが頼り。だから、飲もう！

さて、壁には輪っかがあり、この位置から彼らは出発して、一周する。

一人が小刻みに漕ぎ、もう一人が網を投げる。網をひとつかみずつ投げていく、種まきか何かのように。漕《こ》ぎ手は、円形に漕いでいく。こうしてきれいな円を描いて網が落とされ、最後に壁の輪っかへ戻れば、そこへ舟をつなぐ、ごく簡単なことだ、慎重にさえやれば。網をぐるりと円にして、それからしばらく頭のなかで、魚にかかってくれと勧める口笛を吹く、頭のなかで一種の歌を歌う。

魚よ、ズルをするんじゃないよ
さっさと終わるが一番じゃないか
水のなかがそんなにいいか？

といった感じの歌を歌うのだが、ひとには聞こえないし、本人も何も口に出すわけではなく、ただ沖へ顔を向けて待っている。さらにもう少し待つ。それから、かがみこんで、それぞれ網の端をひっつかみ、溜まったものを引きあげていくと、引っ張るにつれ円周が少しずつ狭まっていくのが、コルクの浮きの様子からわかり、二人は絶えず円を縮めながら自分たちのほうへたぐっていく、自分たちのいる地点へ、中心へと、長い長い網をたぐり寄せ、背後に山と積みあげる。そして、とうとう近づいてきたら、ぐっと身をかがめなくてはならない。両腕を水に潜らせて、底のほうからつかみ、引きつける。こうして二人はいまや、この網の腹のなかにあるものを出している、うごめく内蔵を外へ引き出す、腹にあるものを残らず素早く、黙々と出していく。この一匹の大魚をふたつに割いて、足元に落とす。ここにある冷たい、ねとつくもののなかを歩き、両の足を突っこみ、拾っては、また拾う。そして最後の網の目が引き寄せられる。終了だ、二人は身を起こし、その後ろには網がきれいにしまわれて、外板に沿って花綵《はなづな》のように留めてある……

すると、新たに渇きがやってきたので、二人は岸へ近づいた。親方は空の一リットル瓶を座席から取り出し、捨石に跳び乗った。

糸杉の影が、アスファルトの上で九時を指す。

植木鉢にはスイートピー、緑色に塗った樽《たる》にはペチュニア。イチジクの木には、大きなイチジクがふたつなっている。

＊

わたしのいるところ、つまりこの窓から見ると、舟はわたしの真下にある。杼《ひ》のかたちをして、中は黄色、外は緑に塗ってある。灰色の帆は全体に波打って皺《しわ》だらけ。若者は上半身裸で、腹には前掛けを巻いている。若者は硬い木の色、ナシかクルミの木の色、いや、もう少し濃いかもしれない。マストの根元に立っているが、頭上の帆は垂れつつもなびき、沖へ向かおうとする様子を見せていて、いわば完全には放たれていない旗、自由になりきれない旗といったところ――おろした髪の毛が首筋にかかり、まっすぐに切られて、縮れている。広い両肩は狭めると皮膚がぐっと盛りあがり（そしていくつものまるいこぶができる）、その下へ行くと締まった胴がある。親方が戻ってくる。すると若者は座席に腰かけ、膝《ひざ》のあいだに両手をぶらりと垂らす。

＊

とてつもなく自由だ。

要は好きなだけ息を吸うということ、そうするうちに、山がまるごと目の前に、上から下まで、画布に描かれた絵のように広がる。

さらには、カモメがすうっと飛び、涼しい微風が来て、温《ぬる》い風がひと吹き来る。

地上に住む人々のように前方に道があるわけではない、道によって行く方向を強いられはしない、本当に自分のものとして、この二次元を有しているのだ、千平方ピエ〔約三・二平方キロメートル〕、十万平方ピエ、十万かける十万平方ピエ、それは真に巨大な、耕すべき畑であって、狭苦しく物悲しい農家の畑とは違う——ここでは、進みたいだけ進めばいい、境界石なんぞない、柵なんぞない、土手の上に植えられた生垣なんぞない——お百姓さんよ、あんたは馬の向きを変えないといかんのだろう、おれの舟は向きを変えはしない、行きたいほうへ行くんだ——連中は縮こまって、細っこくて、倹約家で、きっちりしているが、おれたちは使いつくす、動きつくす——おれたちは自分の寝床、自分の食堂、自分の倉と飲み屋を持ち運ぶ——止まりたけりゃ止まる、発ちたけりゃ発つ、飲みたけりゃ飲む。そして眠りたけりゃ眠るんだ、だが眠らないときもある。

ぶどう作り

Vignerons

1921

その男は、後ろから見ると、移動する一枚の塀のよう。塀というのはこのあたりの、緑に灰色のまだらが入った塀のことだ。

体のまわりに四角いものを引っかけ、両脚はひびの入った管か何かに覆われているように見える。彼はこのあたりの一枚の塀、なかでもとりわけ寂れた塀のようだ（そして実際、たまに、ぶどう畑の塀が滑り落ちることはある）。

大きな藺草《いぐさ》の帽子をかぶっているので、頭は見えない。帽子のつばが背中の真ん中まできている。

きたない緑の商品が、道端の桶《おけ》になみなみと入っていて、そこから汲《く》んで噴霧器を満たす。男は、いまや斜面をのぼっているが、そうするとますます背が歪《ゆが》んで、脚をひきずっているように見え、後ろから見ても前から見ても恰好《かっこう》よくはないし、清潔そうでもない——大きな緑色をした染みが、服地をこわばらせている——そして、手に持った棒の先に小さな霧をつくってみせ、すると棒の先に日傘が開いたみたいになる。その霧はきたないから、男は汚れる。ああ、キュイイ（わが故郷）の地のぶどう作りよ、どうもおまえは汚すのを楽しんでいるように見えるが、そうなのか？　仇《かたき》を取ってでもいるのか。

ぶどうの調子が悪いから、おまえはこう考える、「汚してやろう！」と。そしてなぜ古いズボンを履いたのかと聞けば、こう答える、「毒だから」

男が動く、それとも塀か？　すべてが似通っている。

ぶどうの株は塀の色、塀の色は男の色、いたるところにこの青緑の層が塗り広げられる。彼らはやってきて、いたるところにこの青緑のペンキを塗った、部屋にペンキを塗る職人のように。下のほうで噴霧器を満たして、のぼりながら撒《ま》いていく。そして槍《やり》を右へ左へ、さらに四方へと動かし、太い絵筆を使う要領で、手の届くかぎりどこでも、厚塗りに塗っていく。

この土地全体をそうやって塗り、様変わりさせてしまう。

土地の画布全体を、ぶどう畑のはじまるところから、ぶどう畑の尽きるところまで、おりて、のぼって、またおりながら、絶え間なくレバーつきハンドルを小刻みに動かす。さあ（と彼らは言う）、急ごう、やればいいってものじゃない、早くやらなきゃいけないんだ。暑気がもうすぐ来る、雨のあとの日光があの病気の原因だ。まだ乾かないうちに暑い日が来てしまったとき、もしおまえが遅れていたら、それまでだ。

なぜあのひとたちはあんなみっともない帽子をかぶるんですか？　どうせなら晴れ着でも着たらいいのに。

おや、どういう仕事をしてるのか、見てわかりませんかね？

ああ、ちきしょう、気色悪い！　口にも、髪にも、目にもごっそり、唾《つば》を吐けば緑色、小便すれば緑色、こんなとんでもないものを口から飲みこみ、鼻から吸い、肺も胃も満杯で、服は焼けるし、靴の革は傷む。

どういう仕事をしてるのか、これが悲しい仕事なのがわかりませんか？

なんでひどい服装かって？　しゃれた仕事じゃないからだ。

製造所の労働者か、ローザンヌの路面電車の車掌の職でも見つけられるなら、そのほうがましだ、それができればいいんだけど、と彼らは言う。まあ、来年こそできるよう頑張ってみるよ。親父がいなけりゃ、とっくにそうしてるんだが。

＊

ところが親父がいる、そして親父は「まあ待て」と言う。

「たしかにきついし、きたならしいし恰好悪い、そうじゃないとは言わないよ、それはよくわかってるんだが、ただ、もうひとつわかってることがあって、それは地面ってのはどこでも低い、ということだ。ここだってそうだ、そうだろ、ただ、よそに比べたら低くない、だってここでは地面ができるだけこっちに対面するよう、せりあがってくれるが、よそじゃそうはいかないからな。向こうじゃどうやってるか、確かめたければ見にいったらいい。こっちじゃ二本の脚で立たせてもらってる、これがもし腰をかがめないといけないとしたら不運だが、そうなったとしても誰にもどうにもできないんだ。ともかく、ぶどうの調子がよくなるよう助けるつもりになってくれよ。いま調子がよくないのは間違いない。かつては、こんなボルドー液の散布なんかやらなかった、だからおまえたちはうんざりなんだろう、実際そうさ、きたならしい作業だ、だが、なんにせよやってみようじゃないか。しつこく行かないとだめだ、病気よりしつこく行かないと！　とにかく行くんだ、息子よ、薬液をつくって、よいしょと木桶に流しこんで、『行け！』とおれは言うまでだ、緑の唾を吐け、緑の咳《せき》をしろ、緑の洟《はな》をかめ、いいんだよと、そうおれは言うね、なんでもないことだ。要はおれたちが勝つことだ、最終的に大事なのはその一点で、まだ可能性は充分ある――それが叶ったら、こう言える、『おれたちを見直せよ！』最後まで踏んばったことになる、べと病を打ち負かしたことになる。

きたない仕事とおまえは言う、きたない仕事でけっこうだ、ただこの仕事のすばらしいところは、どっちが勝つかわからないまま常に闘いつづけることなんだ、おれたちがくたばることになるのかもしれないし、闘ってる相手かもしれないが、それでもとにかく進むんだ、まっすぐ前へ進むんだ」

＊

　このように親父は語り、言っていることは間違いない。彼らは賭《か》け金の全額を一枚のカードに賭けたのだ。畑をもつ者には二、三の切り札があるが、ぶどう作りにはひとつしかない。畑では、干し草の出来が悪くても、麦が豊作になる余地はある。やりくりさえ心得ていれば、どうにかなる。二番刈りができなければ、林の一画を売る、家畜の秣《まぐさ》が足りない場合も同様だ。それに、何より作業の種類が多い。畑に森、牧草地に菜園、種まき、耕耘《こううん》、じゃがいもの植えつけ、週二回の市場、ベンチつきの馬車、馬に鈴つきの首輪を嵌《は》めて、食事処でわがもの顔。多彩な作業、多彩な土地、斜面に高台、歩くのは道路。――おれたちには道路はない、階段ばかりだ、日がな一日じっと階段に立ちっぱなし、ひとつきりの作物、実らないかもしれないぶどうだけ。

　いわばこっちは一人息子で、向こうは子だくさんみたいなもの。

　一人息子は兄弟が何人もいる場合とは惜しまれ方が違う、なぜなら将来のすべてが一人にかかっていて、その一人が去ってしまえば、未来も去ってしまうから。

　ぶどう畑は一人息子だ。体調を崩せば、みんな絶望しはじめる。

ここは病の温床だ。だから深い愛情を注ぎ、尽くしてやらないといけない。彼ら自身はそんなことは言わないし、考えもしない、しかし感じてはいる（少なくとも感じている者はいる）。子どもの具合が悪いなら、打ち捨てはしないのだ。子どもの具合が悪いから、よりいっそう愛情をかけるのだ。

＊

実際、他の者のほうが、運に恵まれているとは言えるのかもしれない。ここはといえば、栄《えい》華《が》に恵まれているのだと、わたしはそう言っておきたい。

ここには栄華が燦《きら》めいていて、それは単一であること自体に拠っている。多彩だと、たちまち料簡《りょうけん》が狭くなる。ひとつのものから別のものへと気が散って、全部が流れていってしまう。輝かしいのは、たったひとつのもの、常に同じもの、これは一粒ずつ落ちる水滴のようなもので、岩をも穿《うが》つ。ひとつであること、唯一であること、多彩さを欠いていること。

剪定《せんてい》し、掘り返し、草取りをし、土と肥料を運びあげる。葉を摘み、ボルドー液を散布し、また散布し、さらに散布する。

次いで収穫し、圧搾し、そしてまた最初から繰り返す。

＊

従順な子どもなら父親の後を追うだろう、ほら、早くも使いで四時の軽食を届けに行く。これがはじまりで、習練なのだ。幼いうちから急坂を知り、幼いうちから太陽の熱さを知る。女の子たちも男の子たちも同じ。この娘は八歳で、妹の手を取っている。小川の岸辺、滝のすぐ下にある、こぢんまりした骨粉製造所を過ぎたところにいる。間もなく、きついのぼり坂に取りかからなくてはいけない。幼い妹を引っ張りなさい、お姉さんなのだから、わたしのスカートをしっかり握るんだよと言ってやりなさい。

それは習練で、厳しい習練だが、同時にここは厳しく美しい土地で、太陽の隠れたときでさえ、厳しくも美しい陽光がこの土地には差している、それほどにここは輝いている。

急斜面がそそり立ち、空は白く塗られている。

空のなかに斜面があり、斜面は空に揺るぎなく嵌めこまれている。

塀のふもとに蠅《はえ》が飛びまわり、大きな集団をなしては、爆竹のように破裂する。

そして日影といっては、これらの塀の付け根に見えるほんの細い棒状の影ばかり。恩恵に浴するには、塀沿いに身を寄せて、影のなかに寝そべらなくてはいけない。そんなに太っていなくても、はみ出してしまう。

恋する女の子と男の子

L'Amour de la fille et du garçon

1921

林に入るのがいいだろうと彼は思い、彼女にそう言った、はじめは広い街道を歩いていたのだけれど。

コルネットの音は止み、彼女はうんとも、いやとも言わない。男の子と一緒にいる女の子。コルネットは、ぼくらの背後にある空気の奥から一番長引いて聞こえてくる楽器だった。クラリネットではない。

クラリネットは最後に何か早口でポコポコと、まるで「おや、お帰りですか？」とでもいうように鳴って、そのあとはもうこちらにかまわないから、残るのはコルネットだけで、そのコルネットも黙った。そして彼は、林のほうを眺めていた。「あの中がちょうどいい、けど彼女は行きたいのかな」

うんとも、いやとも言わなかった。男の子と一緒の女の子。

彼女の歩く方向を少し逸らしにかかったが、やはり彼女は黙っている。自分の体の片側を彼女のほうに寄せていけば、彼女の体の片側は譲らざるをえなかった。

相変わらず口を閉じていて、まかせるつもりがあるのかどうかわからない。彼は右側を歩いていた。

そして、左手で彼女の左手を握っていた、腕を相手の背中にまわして。天気は暑く、土手が真っ白に見える。一本の小径《こみち》が土手を突っ切って、小川に達し、小川沿いを進む。彼は急に強く体を押しつけた。それにしても空がずっしりと重たい、石の雲がいくつも入っている。

結局、彼女はわかっている。横並びに歩けなくなってきて、彼女が先になった。けれど彼は歩きづらくても相手の手を握ったままでいた。というのも、何ひとつ変えてはいけない瞬間というのがあって、それを守らなければすべてが変わってしまうのだ。何ひとつほどいてはいけない瞬間というのがあって、守らなければすべてがほどけてしまうのだ。

だから、首飾りの糸から目を離すな（と彼は考えた、いやむしろ考えるのではなく、感じていた、そう、二人は口ではちっとも言えないたくさんのことを感じていた）、首飾りの糸から目を離すな、でなければすべてが途切れてしまう。

重たい空、石の雲。歩くのもつらいほど力が出ない。

一軒の家の屋根が見え、じきに屋根は見えなくなった。

二人は土手を下っていった。土手の下まで着くと、彼はふたたび彼女の隣を歩けるようになった。

手は握ったまま、互いのぬくもりを混ぜ合わせていた。

目に映る小径はまるでシーツの縫い目で、それ以上の幅はなかった。農村の人間なら誰でも、育った草を大事にするので、彼は「しっかり体を寄せよう」と思う。

彼は相手を引き寄せた、ぎりぎり二人で歩ける幅だ。こうしていま、二人は導かれていた、つまり一定の方向へ進まざるをえず、頭上を覆う木々のほうへ、小川に沿って二人の影もろとも映し出される秘密のほうへと運ばれていく、そのあと林で二人は結びつく。これもまた避けようのないことで、向かう場所は、向かわなくてはいけない場所なのだ。

＊

一度だけ彼がものを言ったのは、「気をつけて、スカート破れるよ」と言ったときだった。彼女は脇へどいた。

そこにはイバラの茂みがあったのだが、次いで彼は黙り、それきりだった。

彼の声はそれきりだったが、別の声があった。ミツバチが、マルハナバチが、蠅《はえ》が、脱穀機で麦を打つときと同じ音を立てていた。そしていま、羽音の合間に聞こえる声は小川の声で、その声はひとつの文を、一音ずつ区切って、つっかえつっかえ読みあげ、ときにはうまくいかずに仕方なく止まっては、また再開するのだった。ホに点々……ク……ハ……ボ・ク・ハ・

ル・イー・ズ・ガ・ス・キ。

あ、言い切った、こいつ！　と彼は思った。水が、ぼくの代わりに言い切った。ぼくには言えない。

歩いているだけだ、彼女と並んで。

そして彼は歩き、彼女も歩いていた。小径の幅はやはり狭く、しかも今度は頭上の高さも狭まった、枝が一種のトンネルになっているから。もう少し彼の背が高かったら、あるいはもう少し彼女の背が高かったら困るところだった。二人はぴったり通れて、あたかも小径を二人の背丈にあつらえたかのようだった。となると、これがまたひとつの指示、ひとつの励ましだ、と彼は思った。まるで「きみたちはそうするのがいい」と言われているかのよう。少なくとも、自分はそう思う。

でも彼女の気持ちはわからない、いまもまだわからない。女の子というのは、うんとも言わなければ、いやとも言わない。男の子と一緒の女の子。

だから、彼女がどうなのかはわからない。彼は腕をちょっと上へずらした。

相手の背中に沿って腕を上へずらし、肩のところに手が届いた。動きに気づかれることはなかった。けれども彼はいきなりつかんだ、ただし閉じた手を完全に閉じきることはできなかった。この肩があるから。肩のまるみのせいで、手は半開きのままになった。彼はますます歩きづらくなった。彼女のほうは、体を傾けてきた。そして、つづきは勝手にやってきた。彼はそうしようとは思わなかったし、むしろそうしないようにと思っていた。でも、手に飢えが宿った、パンを前にして口が飢えをおぼえるように。手に力がこもり、手は食いこみ、食いつき、彼もまた体を傾けていった。急に、ほんの少し動くのもつらくてたまらない、存在すること自体もつらくてたまらないのをはっきりと意識した、そしてそのつらさはたちまち伝わった——というのも、相手のほうもいまや耐えられなくなって、こちらと同様に体を引きずっているから。そこで、空のせいだ、大気のせいだと心につぶやく、嵐の前にはこうなることがあるじゃないかと。彼は前方を眺めて、まだ先が遠いかどうか確かめた、そうしないともうとても保《も》たないと感じたのだが、その間二人は飲みすぎた二人連れのごとく互いに寄りかかっていた。いや、もう遠くはない。すると、手はさらに位置を変え、より首に近いところへ留まった。

なんのせいで、いま、自分は震えているのだろう。

この大きな自然と大きな土地のすべてが、ぼくたちを取り巻いて灰色に塗られている。石の色をした雲。雲の色があらゆる種類の緑色の上へ広がっていく。

*

この場所はぼくらのためにある感じがする、ぼくらのためにわざわざ選ばれた場所のような感じがする。だから何も言う必要はなかった。「ここだ」と言う必要はなかった。この場所なんだとすぐにわかった。

二人は小川がさらに下っていくのを放っておき、自分たちは小川を離れて、平らなところへ来た。

林のなかへ入っていた。

坂を少しのぼった先はブナの葉色で、イチリンソウが飾ってある。

そこは灰色と白の混じった太い幹の東側で、灰色に白い色を垂らした幹はすべすべで柔らかくて、素肌のようだった。

彼女が両足でずるずる滑っていくように彼には見えた。彼女は背中から地面に倒れ、その正面に彼は膝《ひざ》をついた。

彼女はいきなり顔を伏せた。

履いている白い長靴下が、ふくらはぎより上だけ見えるのは、それより下がブーツの筒で隠されているせいだ。

いつもだと、女の子たちはきっちりしているから、すぐにスカートの裾《すそ》をおろして、許されていない部分を見せないようにするし、許されている部分と許されていない部分の境目はくっきり引かれている。でもいまは、もう何ひとつ許されていないから、要するに何もかも許されているのと同じなのだ。

　彼女はずいぶん悲しそうにしていた。

　顔をふくらませて、口元が泣き出す直前の幼い子どもみたいになった。そして頬《ほお》の赤らみが、顎《あご》までおりていき、次は首までおりて、いまはもう、人目に見えないあたりまでおりていった。

農家の召使い

Le Domestique de campagne

1910

フェルナン・シャヴァンヌに

まずやることとは、乳搾り。夏は四時半、冬は五時半、一日のはじまりに相手をするのは図体が大きく穏やかな、乳の重みで腹をもたつかせた牛たちで、最初に飼料をやるのだが、そのためには干し草の山にのぼって、山の上から階下の納屋へフォークで投げこむ。次いで、納屋と家畜小屋を分ける壁の開口部から、牛一頭分ずつに分けた干し草を秣棚《まぐさだな》に落としていく。

それから搾乳しに入る。このとき主人か、主人の息子がやってくるが、作業を急ぐ場合は二人とも来る。それぞれ腹のところで留めるバンドがついた一本足の搾乳椅子《いす》を尻に取りつける。頭には革の小球帽《キャロット》をかぶっている。各自の牛に付いて、はじめる。夏なら、もう空は暁のばら色をして、最初の日の光が差しこむと、扉のところに引っかけた掃除用の粗布が透ける。そこで彼らは牛の尾を鉄のレールに結わえて浮かせる、そうしないと、蠅《はえ》を払おうと激しく振ったり自分の体をはたいたりするので、ひっきりなしに顔を叩かれる恐れがあるのだ。けれども、冬の場合は、空にはばら色もないし太陽もない。あるのは壁にかかった防風ランプだけ。そして牛の尾を結わえる必要もない、蝿がいないから。

まず「濡らす」、つまり乳頭を手にもち、一定の動きをつけて指で握っていくと、先端に乳のはじめの一滴が玉をなし、次いで白い奔流《ほんりゅう》が出て、寝藁《ねわら》のなかへ消える。ここで乳首の下へ木かブリキの手桶《ておけ》を差し入れる。すると、両手が交互にあがってはおりる常に同じ動作で、たちまち桶はいっぱいになる。いっぱいになったら背負い桶《ボイユ》まで運んで空けるが、このとき目の細かい濾《こ》し器を通すので、その上で乳はふわふわと泡立つ。この泡は長いこと残り、しっかりしていて、泡立てた卵白と同じように切ることができる。男たちは互いに話さない、話す相手は家畜だけだ。家畜に向かって声をあげる。「おい、なにしやがる！」とか「くそっ！」とか、もっとひどい言葉も叫ぶ。牛がじっとしていないとそんなふうに罵《ののし》るのだ。だが、行き来する自分たちは、まるで知らない同士のよう。

というのは、まだ夜間の眠気が体にのしかかり、前日の疲労の残りがまだ今日の疲労によって吹き払われていないからで、つまりひとつの疲労を追い払うのは別の疲労、彼らの生活は疲れから疲れへと、時に楽しい瞬間を挟みつつ渡っていくものなのだ。

牛乳をチーズ屋へ担いでいくのは召使いの役目。ボイユというのは鉄製の背負い桶で、背中のかたちに合わせてまるみをつけてあり、肩にかける二本のベルトがあって、四十、または六十リットル入るから、相当重い。それを背負って、村のほうへ向かう。村への道を歩いていく。

あるときは雪と闇と寒さのなか、またあるときは鳥の歌声満ちる明るい朝に、サンザシの垣根に沿って、胸元で腕を組みつつ上体を前へ倒し、整った歩調で歩くのだが、その速さはいわゆる「揺すり」に合わせて調整している。要するに、足取りがボイユのなかの牛乳の揺れ方と揃《そろ》っていなくてはならないということで、そうでないと容器の口から牛乳が飛び出してしまうし、また動きに逆らうとその分重量も増す。そもそも彼が、冬だな、と思うのは、ただしんしんと冷えて不快に感じ、暗くて道が悪いから、そう思うだけ。そして、夏だな、と思うのは、汗をかいた自分の体と、太陽の明るさから、そう思うだけだ。病んだ心が感じるような甘さや寂しさの印象を抱くことはなく、肉体のなかにのみ生きていて、だから不幸ではない。もうすぐ、あそこのチーズ屋で、村の若い衆と話したり笑ったりして愉快な時間が過ごせるな、と彼は考える、それで次の日曜に何をするか煙草《たばこ》を吸いながら相談するんだ。女の子たちの噂話《うわさばなし》もする。チーズ屋が牛乳を量るあいだ、叩き合ったり押し合ったり。こうやっていつも、ちょっとの時間を主人からかすめ取る。要はしゃべって笑って、大いに楽しむこと。近づくにつれ、すでに遠くからがやがやと笑い声が聞こえてくる、まだ家々は小さなランプがまばらに点るだけで、地面に小さな円を描いて行き来するランタンも、たまにしか通らない時間。それが突然、安心な場所で仲間に囲まれるのだ。あるいは、すでに何もかもが陽光に照らされ、よく洗ったきれいな赤いタイル張りの床が、爽《さわ》やかな酸っぱい匂いを立てて迎えてくれて、さらに銅のつや、バター攪拌機《かくはんき》の白木、泡だった牛乳の白さもそこにある。

「触ってみろよ」とオーギュストが言う、「この袖《そで》の中身、あいつよりも立派だろ。おまえら勝負してみたかったら……一リットルだぜ」

「絶対だよ」とフレデリックが言う、「前に何人も男がいたんだ。みんな知ってる話だろ、なあ?」

「あのさ、おまえ……」

すると、のっぽのブレが太っちょのジュールに近寄り、耳元で何か言い合って、そこで太っちょのジュールは身をよじり、もう一人はパイプに火をつける、というのもジュールは決して笑い声を出さず、内にこめるからで、ただ内にこめる分だけいっそう大笑いしているのだ。

このように彼らは文字に書くのがためらわれることをいろいろと言う。終わると、一人また一人と立ち去って、もと来た同じ道を引き返す。とはいえ今度はボイユが軽い。ボイユが背中で跳ねる一方、こちらはいまや思いをめぐらす種がある、あそこで聞いた話題を蓄えているから。そして一日中、聞いた話をひとつずつ反復する。草を食《は》んだ牛が、蓄えた食物を体内でもう一度食べるのと同じこと。

冬の場合、ここから家での作業がはじまる。結び紐《ひも》をなう、納屋で麦を打つ、あるいは道具の修理、あるいはまた林へ行く。でも夏の場合は、畑へ出る。コーヒーを飲んで、一緒にチーズひとかけ、またはベーコンひと切れを食べ、大きな丸パンから厚いひと切れを削いで、終わるとあらためてズボンのベルトを締め、鎌か熊手を取る。女は昼食を用意したあとも台所のなかを行き来するが、男は残らず畑へ出るし、もしいれば女中も、また、もしいれば女の子たちも出る。男たちが先に立って草を刈る。草地の斜面は林へ向かって下り、底には小川があって、対岸は林が急勾配でのぼっていく――まるい樹形のリンゴの木と、実が熟しつつあるサクランボの木のあいだを、男たちは先に立ち、腰をかがめて草を刈る。一人が左端で先頭につけ、他の者は左から右へと、それぞれ隣にいる者の二歩後ろを追うかたちで斜めの列になって、全員が上半身と肩を大きく振る同じ動き、両脚を曲げ上半身を倒して両腕で円を描く動きを見せると、腕の先の鎌がひゅっと鳴って草のなかへ滑り入り、株元から断ち切る。そして、最初の一人が開いた明るい道を、二人目が広げて二分の一の幅を足し、三人目が三分の一、四人目が四分の一足していく。それで全員が水辺まで下ると、肩に鎌を担いで草地をのぼり、また刈り進む。そうやって少しずつ、草地の全面を刈っていく。

その間、女たちは刈った草をばらす。フォークを使うか、熊手を使うか、草の重さと厚みによって使い分けつつ、空中で草を振ったり、勢いよく地面にばら撒《ま》いたりすることで、細長い葉や、光の粒を震わせる褐色の穂が入り交じった露に輝く刈草を、目の前へ広げていく。露は蒸発して目に見えない湯気となり、見えるのは物の上に漂うぼんやりとした揺らめきだけだが、物の輪郭も一緒に揺れるので、輪郭線がほどけたり、分裂したり、砕けたりするように見える。太陽が熱くなる時間だ。鍛冶屋《かじ》の炉で赤く熱した鉄の円盤のごとく天上にあり、そこから火傷しそうな熱がおりてきて、肩に貼りつく。シャツとズボンだけの恰好《かっこう》。シャツは前をはだけて、袖は肘《ひじ》の上までまくっている。女たちは布のスカートに薄手の上っ張りで、体の動きが透けて見え、腕はこうして陽光を浴びて掲げられていると、なおのこと美しい。

すると十時の休憩がきて、小さな女の子が籠《かご》とブリキ缶に入れた軽食をもってくる。籠は右腕に通し、左手に缶をぶらさげている。女にはコーヒー、男にはピケット。缶は涼しいところ、桜の木の幹に立てかける。隣に籠が置いてあり、白布から黒い瓶の首がはみ出ている。

彼はいま、他の者とともに座って飲み食いしている。十八歳で、上背《うわぜい》があり、たくましい。シャツの前をいつも開けているから、胸の上に三角形をした浅黒い肌があるが、身をかがめるとその下の素肌が少し見えて、そこは真っ白だ。女の子たちは彼のほうを上目遣いで眺めるが、それは縮れた髪が狭い額にかかっているから、また腕の力こぶを肩まで露わにしているからだ。肩のすぐ下で、まくりあげたシャツが硬く厚い輪をなしている。彼は夜中に、裸で水汲《く》み場に入って体を洗う。女たちが床に就いたあとの、月のない暑い夜更け、水槽からあふれる水の音が聞こえ、水面を叩く音が聞こえて、そのあと突如、ざぶんと水に入る音、水撥《は》ねの音が聞こえる。土曜の夜は、石鹼《せっけん》を使って上から下までこする。朝になると、見るからに顔や首筋が赤くなっているのは、それほど強くこすったということでもあるが、石鹸がざらざらだったということでもある。彼は猛然と食べて、猛然と眠る。動きのいい活発な筋肉は、ふんだんな血液が経巡《へめぐ》っては修復し、不意に皮膚を持ちあげては大きな突起をつくり、胸を盛りあがらせ、締まった腿《もも》をふくらませ、ふくらはぎには硬い玉をこしらえる。そして、自分の力強さに、本人は困惑している。内心それが悩みの種だが、彼のほうもまた女の子たちのほうを眺め、目が合えば笑う。ただ、悪さを思いつくほどの暇はない。

草刈りのあとは、麦の刈り入れが来る。この仕事になると、さらにきつい。鎌はこの場合、大きな円を描くことはない。高く伸びた穂をつけた硬い茎からなる頑丈な壁に囲まれて、鎌は小刻みに進んでいき、腕の動きは短い。両腕を高くあげて、上から下へ、鎌の柄をほぼ体にもたせかけるようにして振りおろすので、草刈りよりも疲れる。太陽の熱さがいっそう厳しければ、その分、短い刈り株のあいだに覗《のぞ》く地面はいっそう干上がっている。乾いた地面に当たって麦がチリチリ鳴るのが、まるで金属のようだ。しかも、木が生えていないから、日影もない。だが、夕べに荷車が帰っていく光景はいいものだ。荷車は背が高くて、四角くて、動く家みたいに見える。麦束がひとつずつフォークの先で、滑らかな腰の動きによって振りあげられ、さらにひとつずつ列にして積みあげられ、さらにまた竿《さお》で上から押さえつけられ、巻きあげ機の綱がメリメリ、ギシギシと鳴ったならば、荷車は準備完了、馬たちが尻を近づけ、馬車は夕べのなかを進んでいく。周りじゅうがばら色。馬車はばら色のなかの黒。黒くて角張っていて、少し揺れて、その間、車輪の下の石がはじけるのが聞こえる。男たちはその前を歩く。上には女の子たちが腰かけ、空に彼女たちの肩と帽子がくっきりと浮かびあがる。向こうにある畑のなかの道から馬車は進んできて、道沿いに身を傾《かし》げる桜の木々が、車の上から房状に垂れさがった闇となる。近づいてきて、大きくなって、納屋の戸が開き、そこで突然、雷鳴のような音を立てて、馬車は重たげに入っていく。

彼にとっては、ただ腹が減ったというだけだ。腹が減って眠いだけ、長い一日だったから、もはや力を使い果たしたから。大きな薄暗い台所に入り、ベンチにどしんと腰をおろす。両腕で空の深皿を囲い、自分の席で肘をつき、猫背になって縮こまり、そのあいだにスープ鉢が一人ひとりに回ってきて、彼の元へ到着し、彼は鉢を引き寄せ、中身をすくう。両肘はテーブルについたまま手だけがあがり、他方で口が手に近づき、口と手がそれぞれ道のりの半分まで歩み寄る。彼は頑固で、一途だ。額に横皺《よこじわ》を寄せて、唇のあいだにまるいスプーンの先を差しこみ、少し首を反らす。すると熱いスープをすする音が聞こえる。というのも大事なのはしっかり食うことだから。全員、彼と同様で、誰にとっても、大事なのはしっかり食うこと。寝床でよりよく休息するため、夢など見ずに眠るには、胃を満たしておかなくてはならない。スープと、豚バラ肉の皿と、野菜の皿。バラ肉は手のひらと同じほど大きなひと切れ、スープは二杯以上。天井に古いランプが点いている。黒ずんだ梁《はり》から鉄線で吊り下げられ、軽く揺れていて、白い球に蝿が黒い染みをつけている。鍋の蓋《ふた》がゴトゴトいいながら濃い湯気を立て、その音に掛け時計の微かな秒針音が応える。そして夕日の名残が窓から消えていく。さて、闇がやってきて窓ガラスに貼りつくが、これは鏡に裏箔《うらはく》をつけるのと同じことだから、室内の明かりが窓を照らしはじめ、身をかがめると自分の姿が目に映る。広大な空の下のあらゆる音が鳴りをひそめ、畑は隣同士に床に就いて、あたかも巨人の一族が眠っているかに思われる。

*

このように人々は季節とともに歩み、彼もまた季節とともにいて、季節に付き従う。冬の白の隣に春の緑があり、夏は灰色、そのあとは秋の黄色。草刈り人を呼び寄せるのは、見事に生えた草の丈の高さであり、また人々が籠を出すのは、果物が熟したからだ。一年の端から端まで順序だっているので、次々につながっていく。そして休みはない。あるいは、日曜の休みしかない。

これが彼にとって唯一意味のある曜日で、この日になると、身なりを整える。ほかの曜日は何を身に着けているかなど誰もまず気に留めない、ちゃんとしているかどうか、破れているかどうかもかまわない、そもそもひとに気に入られるためにそこにいるわけではないし、じっと見る者もいないのだから――その分だけ日曜は服装に気を配る。日曜は見せびらかす日で、ひとに見られたい。日曜は見られることがわかっているから、きれいにしないといけないのだ。朝、主人に五フラン貨幣をもらいに行き、主人はぶつくさ言いながらくれるが、くれないわけにはいかない、そしてこれがあれば煙草《たばこ》と酒、楽しみの種が手に入る。なにしろ楽しみたい気分は教会の鐘が鳴ると同時に呼び覚まされ、この鐘の音ひとつ取っても、この日はほかの曜日とは別格に思える。まるでほかの曜日にまつわる思いを頭から吹き払ってくれるかのよう。残るのはたったひとつの思い、すなわち遊びたいという思いだ。

彼の部屋は家畜小屋の上で、ほんの小さな窓がひとつある。窓をまったく開けない上に、ガラス掃除をまったくしないので、室内はにおいがきつく、たとえ快晴の日でも、暗い灰色の光が差す。だが、ここには眠るときにしかいないのだ。入ればすぐ寝台に身を投げる。モミの寝台で、藁が詰めてある。椅子《いす》が一脚、テーブルが一台、それだけ。片隅に旅行鞄《かばん》。その鞄のなかに、晴れ着が入れてある。そのほかの服は、釘にかけたシャツや古いズボン。あるいは床板に転がっている、ブリキみたいに硬い革の靴。すべてがひどく散らかっているが、その散らかりように自分では気づかない。

鐘がそうやって鳴ると、誰もが満ち足りる。彼はすてきなアコーディオンを持っていて、表面には螺鈿《らでん》の花模様があり、ボタンはニッケル製だ。一人で曲の断片を弾いてみる、ワルツの曲、ダンスの曲、するといろんなことが頭をよぎる。小さな鏡が窓辺にかかっているところへ行く。自分の顔が緑色に映るが、緑色の顔をしているわけではないのはよくわかっている。髭《ひげ》を剃《そ》るのに充分なだけ見えればそれでいい。そこで、碗《わん》のなかで石鹼を泡立て、頰《ほお》にたっぷり載せるようにして塗りつける。

外から、教会へ行く女たちの話し声が聞こえる。彼は教会には行かない。そういうことは考えない。考えるのは恋人のこと、恋人にいい目を見させてやらなくてはということだけ。それに、女の子たちは自分の相手をほかの男の子と比較しがちだから、「わたしの彼が一番かっこいい」と言えるようにしなくてはいけない。自信はある、自分は体格がいいから。狭い額に縮れ毛がかかっているから、自信はある。口髭は生えかけで、ほぼ肌の色と変わらないが、とはいえ近づけばわかるし、もう引っ張ることもできる、じきにひねることだってできるようになる……。剃刀《かみそり》を丹念に革で研ぐ。泡だった石鹼の下から、清潔なすべすべの皮膚が現れ、若返った感じがする。折襟《おりえり》のシャツを着け、襟の下に来るのはネクタイの結び目、これが黒い絹に赤縞《しま》入りの見事なネクタイの結び目だ。ジャケットは立派な黒の毛織、ズボンも同じ毛織。着ると、いっそう背が高く、すらりとして見える。さて、そのように装い、普段よりも先の尖《とが》った靴を靴墨に唾《つば》を吐きながらよく磨き、フェルトの黒いソフト帽を少しはすにかぶり、出がけに葉巻に火をつければ、すっかり幸せな気持ちだ。

ただし落ち着いた様子は崩さない、男だから。村の街路を通っていく。家の前に人々がいる、腰かけた女たちに、白いドレスの娘たち。彼はぴんと背を伸ばして通る、誇らしげだ。居酒屋はすでにひとであふれている。裏手にまわり、ボダイジュの大木が並ぶ下に九柱戯《キーユ》のレーンがある場所へ行くと、よく濡らした板に木製ボールが転がる音のなか（あまりに水をかけてあるので、ボールを思い切りよく投げると、転がるのではなく溝に残った水を飛ばしながら滑っていく）――木製ボールの転がる音と、ピンが倒れる音のなか、小ぶりなテーブルに若いワインの半リットル入りカラフを並べて、男たちが話している。九柱戯をしている者はシャツ姿だが、飲んでいる者は上着を着たまま。遠くから彼の姿を認めて、呼びかける、「よう、ジュリアン！」ワインの香りも彼を呼ぶ。到着し、飲み、大きな笑い声があがる。そしてやはり空中に漂うのは日曜の雰囲気で、日曜であることがあらゆる場所に、空の輪郭にも、木々の形にも、事物が佇《たたず》むその佇み方にも記されているように思われ、事物がまるで新しい姿を手に入れて、新しい衣装をまとったかのようなのだ。声のざわめき以外何も聞こえなくなる、この静寂もまた、日曜らしい。好きなだけ飲むこのワインの味もそうだ、こちらを制止して「さあ立て、仕事だ！」と怒鳴る者はいないのだから。自分が自分の主《あるじ》である、という感覚。誰もが自分を大切にするのだ。

女の子たちが姿を見せはじめる。向こうの道から、数人連れで腕を組んでやってくる。肩を押し合い、うつむいて笑う。その笑い声は小川のせせらぎのように爽やかだ。白いドレスに色つきのベルトをしている。何を考えているんだろう？　どうすれば笑ってくれるんだろう？いや、何を考えているのかは知っているし、どうすれば笑ってくれるのかもわかっている。それに、どこを見ているかもわかってるんだ、一見何も見ていないようでも。

晩になって、コルネットと、クラリネットと、そして息切れしがちな太ったトロンボーン吹きが登場すれば、女の子の体に腕をまわして踊る。腕をまわして、ぐっと引きつける。相手の体がのけぞるのを感じ、スカートのなかの脚の動きを感じる。相手の脚が自分の脚にくっついているのを感じて、さらに強く引きつける。

時には、ついてきてくれる女の子もいる。茂みの後ろに、みんな知っている場所がある。自分の隣に座らせて、両手で頬を挟む。そうやって頬を挟むと口がまるまって、近づいてきて、ふくらんでくる。まるで大粒のサクランボ。かじらないわけにはいかない。

老いることは考えない。いま現在より遠くは見ない。いま現在より遠くを見たって、なんの役に立つだろう？

訳者あとがき

シャルル・フェルディナン・ラミュ（Charles Ferdinand Ramuz）は一八七八年、スイス連邦ヴォー州の州都ローザンヌに生まれた。ラミュの生家は中心街のリポンヌ広場に面し、階下では父親が輸入食料品店を営んでいた。リポンヌ広場は当時もいまも毎週土曜日に市場が開かれる、賑やかな場所だ。

父親は、元々はローザンヌ近郊の農家の出だが、商学を学んで、町なかに自分の店を開いた。母親は、ローザンヌからレマン湖沿いに東へ十キロほど行ったところにあるキュイイという村の出身。本書の「ぶどう作り」の舞台であるこの村は、今日「ラヴォーのぶどう畑」としてユネスコ世界遺産にも登録されている、湖畔の急斜面を利用した階段状のぶどう畑のふもとにあり、母の実家もぶどう農家だ。つまりラミュの両親は、父母ともに、出自は農家ながら自分の代で町に出た人間である。文学とは縁のない家庭だった。

しかしラミュは十代に入って詩作に関心を持ち、文学を語る友人もできて、次第に物書きとして生きることを夢見るようになる。同時期に、父が大病を患ったことから店をたたみ、療養のため一家は自然に囲まれた郊外へ引っ越した。ラミュは週のあいだは寮生活、週末は新しい実家で過ごすのだが、そこで初めて日常的に農作業にかかわり、草刈りや収穫といった労働の身体感覚に強い印象を受けたことを、のちに自伝『世界の発見』で述べている。また、このころから登山にもよく出かけるようになった。

親の希望でいったんはローザンヌ大学法学部に進学するものの、じきに文学部へ移る。古典文学を修め教員資格も得て、卒業後は短期間、教師を務めたこともあったが、長くは続かなかった。

*

作家になる意志を固めたラミュは、一九〇〇年、二十二歳でパリに「出る」(スイス人であっても、フランス語で書く者にとっての「首都」はパリである)。といっても、完全に拠点を移したわけではなく、夏場は大抵スイスで過ごして冬場はパリ、その割合も年によってばらつきがあり、均すと半々くらいの割合だったようだ。はじめは詩に、次いで小説に取り組んで、一九〇五年に初の長篇小説『アリーヌ』をパリとローザンヌの出版社から刊行した。

パリとローザンヌの出版社から、というのは、まったく同じフランス語の本であっても、フランスとスイス・ロマンド（スイスのフランス語圏）では書籍の流通網が分かれており、両方の地域で読まれるには別々の版元から出す必要があるためだ。フランスの本はスイス・ロマンドでも輸入品として概ね手に入るが、フランスの書店で取り扱われるスイスの出版社はごく少数で、今日でもスイスのフランス語作品のほとんどは国内にしか出回らないのが実状である。だから、ラミュのようなスイス・ロマンド出身者にとって、曲がりなりにもパリに住んで人脈を作り、フランス版も出すことの意味は大きい。『アリーヌ』はスイスで評判を呼び、ラミュは小説を軸とした創作活動を着々と進めていくことになる。

初長篇このかた、ラミュの小説の舞台は常にスイス・ロマンドないしその周辺に限定されている。自分の生まれ育った土地を見つめるラミュの姿勢は、パリ生活のあいだも揺るがなかった。他方、フランス語文学の中心地に身を置く経験は、そこから自分がいかにずれているかを体感し、いかなる言語を用いれば自分の属する世界を表現できるかを考えぬく機会となった。

第一次世界大戦がはじまる一九一四年、すでに九点の単行本を出し、同郷の画家セシル・セリエと結婚して一子をもうけたラミュは、パリを引き払い、ローザンヌ近辺に腰を据える。そして同年、仲間たちと立ちあげた媒体「カイエ・ヴォードワ」のシリーズ第一巻として、自らの創作の方向性を示すエッセイ『存在理由』を上梓した。

学校教育が課す「正しい」フランス語から逃れて、周りから聞こえる現実の言葉に耳を澄ますこと。「地方色」を売りにしたり「国民文学」を掲げたりするのではなく、野外に出て、自然を見つめ直し、現場の地形をなぞるような言語を作り出すこと。ある限定された地域における地理と人間の根源的な関係を掘り下げることこそが、むしろ普遍性につながるのではないか。そんなことを述べたのち、ラミュは『存在理由』を次のように締めくくる。

いつの日か、私たちの場所でしか書かれえないひとつの書物、ひとつの章、たったひとつの文が現れるなら、つまり、とある丘の曲線をまねた抑揚を持っていたり、たとえばキュイイからサン＝サフォランにかけての、どこかきれいな岸辺の小石に寄せる湖水のリズムと同じ拍子が刻まれていたりする、そのようなものが書かれるなら——そんなほんの些細なことが実現するなら、私たちは赦された思いになるだろう。

十四年にわたるパリ生活を経て、三十六歳で発表したヴィジョンを、ラミュは方法を模索しつつ、後半生をかけて追求することになる。その探求のなかで、ヴァレー州の歴史的な山崩れに想をえた『デルボランス』、レマン湖のほとりを舞台とする『地上の美』などの長篇小説が生まれ、ラミュはスイス・ロマンドを代表する作家となった。

単に故郷の山や湖を題材に選ぶのではなく、文章自体を「野外のフランス語」にする。そういう試みである以上、帰郷以降のラミュ作品には、さまざまな言語レベルの実験が反映されている。素材は牧歌的でも、扱いは前衛的。この立ち位置をよりよく理解するため、彼が敬愛した先達である画家のセザンヌ、そしていっとき深く付き合った友人である作曲家ストラヴィンスキーの仕事と照らし合わせてみよう。

＊

南仏エクス＝アン＝プロヴァンス出身のセザンヌは、パリで活動したがなかなか評価されず、後半生は故郷に拠点を移して制作をつづけた。サント＝ヴィクトワール山、果物その他の静物、周囲の人々など、成熟期の作品の多くは身近な風物を描いたものだが、その大胆な形式上の探求は、キュビスムをはじめ二十世紀絵画を先取りするものとして後に賞賛を浴びることになる。ラミュはエクスへ旅してセザンヌの足跡を訪ね、画家への思いを「手本としてのセザンヌ」というエッセイに綴っている。

他方、同世代であるロシア出身の作曲家ストラヴィンスキーは、ラミュがヴォー州に戻って間もない一九一五年、第一次世界大戦の影響でパリでの仕事を失ったため、スイス・ロマンドへ越してきた。翌々年にはロシア革命が起きて、ストラヴィンスキーは故郷に帰れぬ身となり、財産も失う。彼にとっては苦しい時期だったが、スイスで出会った二人は意気投合し、ラミュ台本、ストラヴィンスキー作曲による音楽・朗読劇《兵士の物語》をはじめ複数の作品を共作した。

ロシアに伝わる民謡や民話の要素を織りこみながら西欧音楽の文法を刷新した点で、ストラヴィンスキーの仕事はたしかにラミュと近い。二人の交友はラミュがのちに書いた『ストラヴィンスキーの思い出』で読むことができる（邦訳は後藤信幸訳、泰流社、一九八五年。巻末に付された訳者解説「ラミュの山河」が卓越したラミュ論であることも記しておく）。

芸術ジャンルも、対象となる土地も、辿った道のりも違うけれど、セザンヌもラミュもストラヴィンスキーも、それぞれに一種の「辺境」に生まれ育ち、創作者となるにあたって故郷を捨てなかった。むしろ周縁から足を離さずにいることで、「中心」にいる者の常識を飛び越えるような形式上の冒険に乗り出すことができたのではないだろうか。そしてセザンヌやストラヴィンスキーがそうだったように、ラミュの斬新さもまた、誰にでも受け入れられるものではなかった。

＊

「私たちの場所でしか書かれえないひとつの書物、ひとつの章、たったひとつの文」に近づくために、ラミュはどのような形式上の冒険に出たのだろうか。彼の文体の特徴として知られるものをいくつか挙げてみよう。本文を覗いてみてちょっと読みづらいと感じた読者にも、また独特だが不思議な魅力があると感じた読者にも、その魅力ないし読みにくさの正体を知る上で参考になるかもしれない。

まず、ラミュの小説は「誰が語っているのか」が一定しない。作中人物の行動を外から見たり、内面に入りこんだりすること自体は、ラミュが読みこんだフローベールやモーパッサンと同じだが、ラミュの場合、語り手は無色透明な存在というわけではなく、景色や習慣などを語るときに、「私たち」(nous)や、一般的な「ひと」を指す主語(on)を使うことがよくある。地元の年寄りが「うちのほうでは普段こうするんだが」などと話している感じに近い。

風景を描写するにも、いわゆる客観的な描写ではなく、誰かが特定の位置に立って見ている描き方で、でもそれは作中人物とは限らず、結局誰なのかわからないことも多い。語りは複数の作中人物のあいだ、さらには人物としては登場しないがその場にいる(かもしれない)地元の人々のあいだをふわふわと漂っていく。ひとを寄せつけない断崖絶壁の山頂からの視点などが含まれることもあって、ときには人間というよりも、滑空する鳥か、あるいは土地そのものが語っているかのような印象を受ける。

誰かが語っている、という感じがするのは、語りが話し言葉に近いせいもある。ラミュはかっちりした書き言葉ではなく、日常会話に使われる語彙や表現を地の文で使う。スイス・ロマンド特有の表現もあるが、そればかりではない。文法的に不正確な言い回しや、同じ単語の繰り返しも、多くは音声として想像してみると、たしかに喋るときはこういう言い方をするな、と納得がいく。「地方色」を出すために方言を挿入しているのではなく、地の文の全体を話し言葉のほうに寄せているのだ。俗語を採り入れた語りで知られる作家セリーヌは、ラミュを地の文に話し言葉を用いた作家の草分けと見なして賛辞を送っている。

現象を見えるがままに書き留めたかのような空間描写の作法も、ラミュ文体の大きな特徴だろう。彼は「画家たちから多くを学んだ」と言い、画家を主人公とする自伝的小説も書いている。日光や夕闇や羊の群れ、その他いろいろなものを描写するとき、それがなんなのかを言わず、画布に絵筆で一筆ずつ描き足すように色や質感を述べていくから、なんのことを言っているのだろう、と最初は戸惑うこともあるが、じっくり読んでいくうちに、ヴィジュアルが立ちあがっていく。ラミュ作品のよき理解者だった作家・編集者のジャン・ポーランは、微妙な色の違いをぴしりと見分けるラミュの目の鋭さを「ハイタカの眼をもつ」と称えた。

また、ラミュは映画の技法にも強い関心を示していた。たとえば本書収録の「恋」で、冒頭、遠景からひとつの窓にズームインしたり、家畜小屋の場面と食事の場面が交互に出てきたりするのは、映画のシークエンスを思い浮かべるとわかりやすい。

こうした数々の細工が凝らされた、一種の散文詩のようなものだから、ラミュの文章は読み流すことが難しく、「重たい」という感想もまま聞かれる。特に原文では、文法上の逸脱が気になるというひとが少なくない。そういった批判は、ラミュの生前からあった。とりわけパリの大手出版社グラッセ社と契約を交わして新作・旧作がフランスで次々と売り出された一九二〇年代半ばには、ラミュの特異な文体を認めるかどうかがパリ文壇で話題となり、グラッセ社にラミュを推薦した作家アンリ・プーライユは、これを受けて『ラミュに賛成か反対か』という本を編纂した。複数の作家論や書評などを集めてラミュの文体をめぐる議論を紹介したもので、「フランス語になっていない」「わざと下手に書いていて鼻につく」といった辛辣な論調の書評を採録する一方、ロマン・ロラン、ジャン・コクトー、ポール・クローデルなど、ラミュを擁護する文学者たちの言葉も載せた。

この本のなかで、クローデルはラミュのことを「私たちの言語のもっとも優れた職人の一人」と呼んでいる。ラミュの書法は初めは違和感があるかもしれないが、ひとたびリズムに乗れば、非常に強く感覚に訴えてくる。語りとともに世界がそのつど新しく立ち現れるような、瑞々しい文章だ。環境との関わりに着目した文学批評の観点からも、ラミュ作品は注目されつつある。

＊

ラミュの仕事の中心は長篇小説にあり、一九四七年の死までに二十二の長篇を刊行したが、そのほかに五つの短篇集を出版している。『短篇・断片集』（一九一〇）、『数多の人物たちにさようなら、その他の断片』（一九一三）、『田園のあいさつ、その他の断片』（一九二一）、『短篇集』（一九四四）、そして『使いの者、その他の短篇』（一九四六）である。そのほかに未刊行の短篇が多く残っているが、一九一〇年代までの作品がほとんどで、二〇年代、三〇年代のものはきわめて少ない。つまり、短篇の制作は、作家活動の最初と最後に偏っている。

ラミュはパリ時代には短篇の名手として名高いモーパッサンの著作集の編集作業に関わったこともあり、初期には大量の短篇を書いた。短篇は彼にとって習作の意味合いがあり、短篇としてまとめたエピソードが、ときに長篇に組みこまれていくこともあった。

また、短篇は実験の場、アイディアを書き留める場でもある。複数の短篇集に「断片」（morceaux）という語が用いられているが、一般にこういうジャンル名があるわけではなく、ラミュ独自の用法だ。彼自身も明確に定義していないが、通常の短篇小説（nouvelles）ほどの分量も、物語の筋もないものの、独立したテクストとして成り立っているものを指す、と考えていいだろう。本書の収録作で言うと、終盤に置いた『田園のあいさつ、その他の断片』所収の四篇は、元の短篇集の題名から判断するなら「短篇」ではなく「断片」となる。「断片」とラミュが呼ぶもののなかには、ごく短いエッセイに近い文章、一種のマニフェストのようなものも含まれる（実際「漁師たち」や「ぶどう作り」にはマニフェストの趣がある）。

『田園のあいさつ』以降、長篇小説の執筆が加速する時期に入ってからは、アイディアが短篇の形を取ることは少なくなる。しかし晩年、病を重ねて体力が衰え、思うように長篇をまとめることが難しくなってくると、ラミュはふたたび短篇の制作に向かう。長篇に使う気で用意していたエピソードも、一部を切り離して短篇として発表した。最晩年の二作の短篇集は「断片」とは名づけられず、すべて「短篇」である。『使いの者、その他の短篇』はラミュの遺作となった。

とはいえ、彼の短篇は、長篇の一段劣る代替物というわけではない。とりわけ晩年の短篇は物語として完成度の高いものが多く、長篇で展開してきた実験的な文体に比べると「古典的」な語りに立ち戻っている感があり、読みやすい。なおかつ、若い男女の恋から、老人の暮らし、農家の現実、山の民話まで、ラミュ作品の多様な主題がそろっていて、ラミュ入門としては最適と考えられる。

そこで本短篇集は、晩年の二作を中心に作品を選定した上で、作家の仕事の全体像を一瞥できるよう、巻末のほうに中期の「断片」四作と、初期の短篇一作を加え、全二十篇の構成とした。各作品の元の収録単行本は以下のとおり。

『短篇集』（*Nouvelles*, 1944）より
「パストラル」（« Pastorale »）
「農村の年寄り」（« Un vieux de campagne »）
「湖の令嬢たち」（« Le Lac aux demoiselles »）
「日照り」（« Sécheresse »）

『使いの者、その他の短篇』（*Les Servants et autres nouvelles*, 1946）より
「使いの者」（« Les Servants »）
「居酒屋の老人たち」（« Vieux dans une salle à boire »）
「香具師一家の休息」（« Halte des forains »）
「助けを求めて」（« Appel au secours »）
「野生の娘」（« La Fille sauvage »）

「山にひびく声」（« Voix dans la montagne »）
「フォリー姿の物狂い」（« La Folle en costume de Folie »）
「森での一幕」（« Scène dans la forêt »）
「眠る娘」（« La Fille endormie »）
「恋」（« Amour »）
「三つの谷」（« Trois vallées »）

『田園のあいさつ、その他の断片』（*Salutation paysanne et autres morceaux*, 1921）より
「田園のあいさつ」（« Salutation paysanne »）
「漁師たち」（« Pêcheurs »）
「ぶどう作り」（« Vignerons »）
「恋する女の子と男の子」（« L'Amour de la fille et du garçon »）

『短篇・断片集』（*Nouvelles et morceaux*, 1910）より
「農家の召使い」（« Le Domestique de campagne »）

翻訳にあたっては、スラトキン版全集の『短篇・断片集』全五巻を底本とした(C. F. Ramuz, *Nouvelles et morceaux*, 5 vol., Genève, Slatkine, 2006-2007 [*Œuvres complètes*, dir. R. Francillon et D. Maggetti, t. 5-9])。収録作のうち九篇は、スイス・ロマンド文化研究会編訳『ラミュ短篇集』(夢書房、一九九八)に、さらにそのうち四篇は、佐原隆雄訳『もし太陽が戻らなければ』(国書刊行会、二〇一八)に既訳がある。なお、「パストラル」は『真夜中』第七号(リトル・モア、二〇〇九)、「使いの者」は *Les lettres françaises* 第三〇号(上智大学フランス語フランス文学会、二〇一〇)に発表した翻訳を改訂した。

*

二〇〇一年、留学先のルーアンで開催されたギュスターヴ・フローベールをめぐるシンポジウムに参加することになり、おぼつかないフランス語で初期フローベール作品の自由間接話法について発表したあと、やはり発表者の一人だったガリマール社プレイヤード叢書編集長のユーグ・プラディエ氏から、あなたのように小説の語りの問題に関心があるならラミュを読んでみるといいですよ、と勧められたのが、ラミュという作家を知ったきっかけだった(当時プレイヤード叢書は、フローベール全集とラミュ長篇小説集の両方を準備していた)。

その後、かねて聴いていたストラヴィンスキーの《兵士の物語》や《婚礼》がラミュとの共作であることを遅ればせに認識したり、別の経路で惚れこんだジャン・ポーランがラミュの熱心な擁護者だったりと、何度か出会い直す機会があった。また別の次元では、ラミュの描く山の空気が、チューリッヒに住んだ小学生時代の登山の記憶を彷彿させるために特別の感慨を抱いた、という脈絡もある。論文や短篇の邦訳を発表しつつ、いつかきちんと向き合いたいと思っていたところ、本短篇集翻訳の企画が決まった。さらに、所属する国学院大学の国外派遣により、二〇一八年四月より一年間、ラミュ研究を牽引するローザンヌ大学スイス・ロマンド文学センターの招聘研究員としてローザンヌに滞在する運びとなった。

ラミュの生まれたローザンヌに暮らし、大学・州立図書館および文学センター所蔵の豊富な資料に触れ、作品と深く関わる周囲の湖や山々に親しみながら翻訳作業を進めることができたのは、幸運と言うほかない。滞在を可能にしてくれた国学院大学の同僚諸氏に感謝するとともに、ローザンヌ大学に快く迎え入れ、さまざまな相談に乗ってくれたスイス・ロマンド文学センター所長・文学部教授のダニエル・マジェッティ氏、同センター研究員のステファヌ・ペテルマン氏に心からの謝意を表する。Je tiens à remercier Daniel Maggetti et Stéphane Pétermann pour leur aide précieuse.

短篇「パストラル」翻訳初出の際は当時『真夜中』編集部の藤井豊氏に、「使いの者」に関しては上智大学教授の吉村和明氏にお世話になった。「三つの谷」冒頭は、秩父でギタリストの笹久保伸氏の演奏とともに朗読する機会をえて訳出した。白水社の雑誌『ふらんす』編集長・鈴木美登里氏には「対訳で楽しむラミュの短篇」連載の企画をいただき、訳文推敲の助けになった。また、入手の難しかった夢書房版『ラミュ短篇集』は、日本におけるスイス・ロマンド文学研究の嚆矢である法政大学名誉教授の加太宏邦氏にご恵贈いただいた。

東宣出版の津田啓行氏には、完成が延び延びになりご迷惑をかけたが、朗らかに相伴してくださったおかげで、山道を歩きとおすことができた。記して感謝します。

笠間直穂子

［著者について］

シャルル・フェルディナン・ラミュ

スイス・ロマンド（スイスのフランス語圏）文学を代表する作家。一八七八年、ローザンヌに生まれる。ローザンヌ大学卒業後、パリに移り住み、スイスとフランスを行き来しつつ本格的な執筆活動を開始。一九〇五年に初の長篇小説『アリーヌ』を刊行する。一九一四年、第一次世界大戦勃発直前に故国へ戻り、以後はローザンヌ近郊に居を定めて、規範的なフランス語と異なるスイス・ロマンドの地理に即した文学言語の創造を目指した。代表作に長篇小説『山の大いなる恐怖』『地上の美』など。一九四七年、ローザンヌ西郊ピュイイにて死去。

［訳者について］

笠間直穂子（かさまなおこ）

フランス語文学研究、翻訳。国学院大学文学部准教授。一九七二年、宮崎県串間市に生まれる。上智大学外国語学部卒業、東京大学大学院総合文化研究科単位取得退学。ルーアン大学人文学部専門研究課程修了。著書に『文芸翻訳入門』（フィルムアート社、共著）、『文学とアダプテーション』（春風社、共著）など、翻訳にンディアイ『心ふさがれて』（インスクリプト、第十五回日仏翻訳文学賞）、フローベール「サランボー（抄）」（『フローベール』集英社文庫）など。

はじめて出逢う世界のおはなし
パストラル　ラミュ短篇選

2019年6月26日　第1刷発行

著者
シャルル・フェルディナン・ラミュ

訳者
笠間直穂子

発行者
田邊紀美恵

発行所
東宣出版
東京都千代田区九段北1−7−8　郵便番号102−0073
電話（03）3263−0997

印刷所
亜細亜印刷株式会社

乱丁・落丁本は、小社までご送付ください。
送料小社負担にてお取り替えいたします。

ISBN978−4−88588−097−1　C0097

はじめて出逢う世界のおはなしシリーズ

1935
古森の秘密
ディーノ・ブッツァーティ
長野徹訳

森の新しい所有者になったプローコロ大佐は、木々を伐採し、甥を亡き者にしようと企む……。精霊が息づき生命があふれる神秘の〈古森〉を舞台に、生と魂の変容のドラマを詩情とユーモアを混えた文体でシンボリックに描く。 定価1900円＋税

1948
より大きな希望
イルゼ・アイヒンガー
小林和貴子訳

戦渦に翻弄され〈青一色の世界〉を探しもとめる少女エレンの運命を描いた物語。作家の自伝的要素に、歴史、宗教、伝説、民謡を織りまぜた10の断章が、イメージ豊かな幻想世界を紡ぎだす。 定価2300円＋税

オーストリア編
キオスク
ローベルト・ゼーターラー
酒寄進一訳

戦前のウィーンを舞台に、17歳で田舎から出てきた少年フランツの目を通して時代のうねりを活写した、ノスタルジックな空気感がたまらない青春小説。国際的に注目される現代オーストリア文学の人気作家、初邦訳！ 定価1900円＋税

キューバ編
バイクとユニコーン
ジョシュ
見田悠子訳

部屋に貼られた〈青いハーレーのポスター〉と〈白いユニコーンのタペストリー〉は、いつか一緒になれることを夢見ていた……。相容れない世界に生きながら魅かれ合う二人の姿をファンタジックに描く表題作など、全5篇。 定価1800円＋税

スペイン編
グルブ消息不明
エドゥアルド・メンドサ
柳原孝敦訳

オリンピック開催直前のバルセローナを舞台に、行方不明になった相棒「グルブ」を捜しまわる宇宙人「私」が巻き起こす珍騒動を、分刻みの報告書形式で綴ったSF風小説。笑いのなかに人間の哀歓を描いた秀作。 定価1900円＋税

はじめて出逢う世界のおはなしシリーズ

イタリア編
逃げてゆく水平線
ロベルト・ピウミーニ
長野徹訳

沈黙を競う人びと、ボクシングに飽きたゴング、水平線に体当たりする船……。人間っぽさと社会風刺をユーモアたっぷりの皮肉とともに、イタリアならではの情景で描いた25篇のファンタジーア！

定価1900円＋税

アルゼンチン編
口のなかの小鳥たち
サマンタ・シュウェブリン
松本健二訳

几帳面な男の暮らしに突然入って来たシルビア、そして小鳥を食べる娘サラ。父娘2人の生活に戸惑う父親の行動心理を写しだす表題作など、日常空間に見え隠れする幻想と現実を硬質で簡素な文体で描く15篇。

定価1900円＋税

ロシア編
いろいろのはなし
グリゴリー・オステル
毛利公美訳

閉園後の遊園地で、メリーゴーランドの7頭の馬たちは今夜も園長さんにお話をねだる。お話がお話を生み、そのお話からまた別のお話が……心も頭もあたたまる愉快でエキセントリックな長篇童話。

定価1900円＋税

チェコ編
夜な夜な天使は舞い降りる
パヴェル・ブリッチ
阿部賢一訳

プラハのとある教会では、夜な夜な守護天使たちが集い、ワイン片手に自らが見守っている人間たちの話を繰り広げていた……。天使が語る17篇の日常のファンタジー。

定価1900円＋税

フィンランド編
スフィンクスか、ロボットか
レーナ・クルーン
末延弘子訳

身のまわりに起こりうる断片的な出来事を、子どもの純粋で明晰な視点を通し、存在することの可能性や意味を問いかける珠玉の短篇集。フィンランドの少女は世界になにを夢見るのだろうか……。

定価1900円＋税